多元宇宙的青春の破れ、唯一の君がいる扉

眞田天佑　イラスト：東西

ゆがみ・ひでと
「さぁ、次は、
どの世界へ行こうか」
湯上秀渡
本作主人公。
事故をきっかけに並行世界
を観測・移動できるように
なった。
並行世界に存在する「面白
そうな青春」を毎日行き来
していたが……？

Goodbye to
Multiverse Youth,
Connect to the
Only You

「君が、
私以外の女の匂いを
付けていないか
気になるからね。」

南陽菜乃

秀渡の通う高校の一学年上の生徒会長。ミステリアスで飄々とした性格。
ある並行世界では、秀渡を生徒会へ強引に引き込む。ライバルが寄りつかないように独占欲の強さを垣間見せる。

多元宇宙的青春の破れ、唯一の君がいる扉

眞田天佑

MF文庫J

口絵・本文イラスト：東西

第一章　なめらかな世界の日常

1-A

「ずっと好きだった。俺と、付き合ってほしい」

　真冬の寒風が吹きすさぶ中学校の校舎の屋上で、俺は寒さに負けないように声を張り上げた。

　俺の正面に立つ友永朝美（ともながあさみ）が目を丸くする。いつも俺を真っすぐ見つめてくれる、宝石のように透き通った双眸（そうぼう）。いつも眩（まぶ）しい輝きを放つ瞳。だが今回に限っては、困ったように視線の先を足元に向けていた。俺と目を合わせようとしなかった。

「あ、……ああ、そ、そう、なんだー」

　マフラーで覆われた朝美の口元から、困惑の言葉が零（こぼ）れた。

　朝美は、北風を受けて揺れるミディアムヘアを撫（な）でて整えている。しかし、絶えず深呼吸を続けるシベリア寒気団が、彼女の御髪（おぐし）を何度もぐしゃぐしゃにしてしまう。それでもまた懲りずに、彼女は髪に手を伸ばす。無意味な行為だと分かり切っているのに、繰り返し髪を撫でつけていた。

髪を触るのは、朝美が本心を隠そうとするサインだ。幼なじみである俺には、彼女の仕草の意図が理解できてしまう。

でも俺の告白の断り方を考えて困っている表情ですら可愛いのだから、こいつはずるい。

「……うんとね、気持ちは、すっごく嬉しい。湯上とは家族ぐるみの付き合いだし、お互いのことよく知ってるし、これからももっと仲良くなりたいって思ってる」

ああ、優しい前置きだ。朝美はいつだってそうだ。他人の気持ちに寄り添ってくれる。

俺だけではなく、全ての人に。

「でも、でもね。湯上の知ってる通り、ほら、私、アイドル目指してるし……。やっぱりこういうのは、さ。ありがたいけど困るっていうか」

そう、彼女の可憐さは、万人に届けられるべきだ。美少女の独占禁止法。

よく考えたら、二月の寒空の下に呼び出したのは大失敗だな。こんな寒い場所で告白なんて、する方もされる方も大変だ。

俺の心が諦観に満たされる。

あーやっぱダメかー。

俺なんかより小さい頃からの夢を優先するのは当たり前だ。

俺は現実から目を逸らすように、瞳を閉ざした。

俺を傷つけないように断ろうと頑張ってくれている朝美の姿が見えなくなる。

視覚が暗闇に覆われた今、俺の聴覚だけが朝美の存在を教えてくれていた。

「……私も、湯上のことは好きだよ、一番長い付き合いのある友達としてすごく大事に思ってる。……だからこそ、もう少し今の関係性を大切にしたいなって……」

1－B

「……実は、私も、湯上と同じ気持ち。……ふふ、先越されちゃったけど、私からも言いたいな。……好きです。私と付き合ってください」

ゆっくりと目を開くと、顔を真っ赤にしながら俺を見上げる朝美がいた。宝石のような瞳は微かな嬉し涙に濡れて、キラキラとした湖面となって俺を映し出している。

「……ホントに、いいのか？　でも、お前、アイドルに……」

飛び上がりたい気持ちをぐっと抑えて、朝美に一歩近づきつつ確認する。

「うん。その夢も諦めないよ。アイドルの夢も、湯上のことも、欲しいもの全部手に入れたい。大変かもしれないけど、自分で選んだ道だから後悔はしないよ」

俺の不安を払拭しようとして、彼女の小さな両手が俺の右手を取った。ぎゅっとその手に握力が込められる。

寒空の下で震えていた互いの指が、相手の体温を求めるように触れ合う。小さくて細い朝美の指が俺の武骨な指と絡み合った。温かい。他人の体温がこんなにも温かいなんて知らなかった。ずっと触れていたい。

「……朝美、好きだ」

「……私も、だよ。ゆがみ、……ううん、秀渡」

朝美が何年ぶりかに俺の名前を口にして、照れくさそうに笑った。

互いの手で繋がった俺たちは、冬の寒さもはね除けるほど身体が火照っていた。緊張と喜びとその他いろいろな感情が燃料となって、せっせと熱エネルギーを生産している。サーモグラフィで今の俺たちを覗いたら、たぶん、赤と橙色の領域が台風の勢力図のように広がっているのが見えるだろう。

そうして俺たちは見つめ合い、そして、微笑んだ。

2

……あの告白は、もう数か月前になるのか？

甘く懐かしい記憶。いい夢だ。

そんな回想に浸っていたところを、現在の朝美に優しく起こされる。

「おーい、秀渡。そろそろ起きろー。朝だぞ」

柔らかな声に導かれ、俺はまぶたを開いた。目の前には、朝美(あさみ)の膨れっ面があった。カーテン越しに差し込む朝日を浴びて、顔の陰影が濃く浮き上がっている。彼女の端正な顔立ちは、朝一番に見る光景としてこれ以上ないほどの爽快感を与えてくれる。

「ふわぁ、今日も早いな、朝美ぃ」

「全然早くないって！　後、三十分で家を出ないと遅刻だよ」

「わあったわあった。すぐに着替えるから出てってくれ」

布団をはだけて起き上がる。しかし、朝美に部屋を出て行く様子はない。それどころかその場で仁王立ちし、こちらをじっと睨(にら)んでいる。彼女の細く整えられた眉の尻が持ち上がり、その下の大ぶりの目がきゅっと細められた。

「いやだよ。秀渡(ひでと)が二度寝しないか、ここで監視してるから。下着くらい見慣れてるし」

「きゃー、朝美さんのえっちー」

とふざけながらパジャマを脱ぎ捨て、クローゼットからワイシャツとブレザー等を取り出して着替える。その間に、朝美がパジャマをテキパキと畳んでくれた。俺たちにとって、これくらい普通のことだ。いくら彼氏彼女の関係とは言え、幼なじみとしての関係性が長いともはや空気みたいな存在だ。下着姿を見られてもそこまで気にしない。

「ほら、朝ごはん朝ごはん。この私に朝起こしてもらえるのがどれだけ光栄なことか、もっと自覚してよね！」

朝美に背中を押されながら部屋を出て、一階のリビングに続く階段を下りる。

テーブルでは、トーストと目玉焼きが湯気を立てている。

両親がニューヨークに転勤中の俺のために、朝美が時々こうして朝食を作ってくれる。

忙しい身の上にもかかわらず。ありがたいことだ。

眠い目を擦りながら朝食の席に着くと、ドタドタと騒がしい音を立てて闖入者が現れた。

「ちょっとお母さん、秀にぃ、今日は朝練があるから早めに起こしてって頼んだじゃん」

ツインテールを揺らしながらやって来たのは、義理の妹の樹里だ。セーラー服のリボンがずれているところを見ると、相当慌てているらしい。

樹里の猛抗議を受けて、キッチンに立っていた母さんが首を傾げる。

「ちゃんと起こしたわよ。あと五分だけーって言って起きなかったのはあなたでしょ」

「むむ」言い返された樹里が視線を俺に向ける。「ちょっと！　朝練のことは秀にぃにも言ってあったんだから、秀にぃも起こしに来てよ！」

「おいおい、八つ当たりかよ。どうせお前、昨日夜遅くまでスパストのMVでも見てたんだろ？　自業自得だ」

スパストとは今を時めく国民的アイドルグループ『スーパーストリングス』の愛称だ。

メンバーは十五人、歌やダンスはもちろん、ドラマにバラエティにアニメの声優までマルチに活動している。

樹里はそのスパストの大ファンで、自室には最推しであるセンターの関連グッズがずらりと並んでいる。

「新曲のMVが公開されたら、その日のうちに百回再生するのがファンの義務だからね」

となぜか誇らしげに胸を張り、反省する様子は見られない。それどころか、懲りずにスマホを取り出して、すでに百回見ているはずのMVを再び視聴し始める。

「はあ、やっぱ、センターの朝美ちゃんめちゃ可愛いなー。プライベートは何してるんだろ？　きっと普段もオシャレだよね。あ、もしかして彼氏とかいるのかな。うう、聞いてみたい」

「お前、前に握手会行ってなかったっけ？　その時に聞けばよかったじゃん」

「そんなこと聞くなんて失礼でしょ！　それにすぐに引き剥がされちゃったし。……うう、一生に一度でいいから、二人っきりでじっくり女子会したい！」

そう言いながら、推しの友永朝美に熱い視線を注ぐ。

「トップアイドルと二人っきりで会話とか、一生に一度でも贅沢だぞ。せめて五回は人生やり直さないとな。というかお前、そんなのんびりしてる余裕あるのか？」

「そうだった！　遅れたら部長に殺される！」

俺のツッコミでようやく我に返るアホな義妹。

「まあ、待ちなさい樹里。せっかくの朝練も、朝ごはんを食べないと力が出ないぞ」

父さんが味噌汁をすすりながらのんびりと制止した。

なんだかんだ言って素直な樹里はテーブルに並んでいる皿から、めざしの一匹を摘まみ上げ、頭から口に放り込む。「いってひます」。めざしの尾が飛び出た口でモゴモゴと挨拶して、そのまま玄関から出て行った。

「そうだ樹里！　これ、バレー部のユニフォーム代……って、もう行っちゃったの？」

茶封筒を手にした母さんがキッチンからパタパタと出てきたが、すでに樹里の影はない。

「あの子ったらそそっかしいわね。秀渡、悪いけどお昼休みに届けてあげて。今日の放課後に集金があるらしいのよ」

樹里の通う中学は俺の高校からさほど遠くない距離にある。昼休み時間を費やせば届けられる。アホとはいえ可愛い義妹のためだ。お使いぐらいしてやろう。

「ほーい」と返事をした俺は、めざしとご飯と味噌汁という純和風朝食を掻き込んだ。

3

朝日に眩んだ瞳をこじ開けて玄関を出ると、隣の朝美がスマホをチラ見して慌てる。

「ヤバイヤバイ、私まで遅刻しちゃうよ」

「あれ、でも今日のライブは夕方からだろ？　まだまだ時間あるじゃん」

どん。と肘鉄が脇腹に刺さる。

「おバカ！　朝から打ち合わせとかリハがあるの。アイドルは忙しいんだから」

俺の幼なじみ、友永朝美はあのスーパーストリングスに所属する、正真正銘のアイドルだ。しかも人気投票で三期連続一位を獲得している終身名誉殿堂入りセンターである。テレビでもネットでも彼女の顔を見ない日はない。

もちろん、そんな芸能人様が安普請の我が家に堂々と出入りしてはマスコミの恰好の餌食である。ゆえに今の朝美はプライベート用の装いをしている。グレーのハンチング帽とだらしなく下ろした前髪、メタルフレームの伊達メガネで素顔を隠し、柄のないブラウスと地味なロングスカートというダサい装備で、芸能人オーラを極限まで殺していた。それでも常人ではない雰囲気は多少なりとも漏れているが。

「朝美ちゃん、ほら早く乗って」

うちの自宅前に停められたワゴン車の運転席から声をかけたのは、朝美のマネージャーさんだ。

事務所もマネージャーも、俺と朝美の関係を黙認してくれている。もちろん、節度を守れ、世間には絶対にバレるなと厳命されているが。

「あ、すみません。じゃ、私行くから。秀渡も学校遅れちゃダメだからね」

「おう、お前も頑張れよ」

マネージャーさんが開けた後部座席のドアに乗り込む朝美に声をかけ、ブロローと走り去っていく様子を見送った。俺を監視する朝美がいなくなって、再びまぶたに襲来する睡魔を、瞬きして追い払う。

通学路を歩いていると、ふいに背中を叩かれた。

「よお、秀渡。学校まで競走な！　負けた方がジュースおごりで！」

同じ陸上部の玲央奈がそう言って、俺の脇を走り抜けていく。

「ちょ、ふざけんな玲央奈！　それはフライングだろ！」

女子のくせに恐ろしく速いその背中を慌てて追いかけるが、砂埃が目に入って足を止めてしまう。

「あ、お、おはよう、ございます、湯上、先輩」

オドオドした可愛らしい声がしたかと思うと、目の前に一人の女の子が立っていた。樹里と同じ制服を着ているということは中学生だな。

「わた、私、樹里ちゃんのクラスメイトの益田と、言います！　ず、ずっと前から好きでした！　つ、付き合ってくれませんか！」

「オッケー。今日の放課後空いてる？　駅前に新しくできたカフェに行こうぜ」

カッコいい先輩と思われたくて、つい柄にもなくウィンクしてみる。

高校の校門前まで行くと何人かの教師が並んで、登校する生徒たちに挨拶をしていた。

その中の一人、俺の担任であり所属するバスケ部の顧問でもある晶子先生が棒付きキャンデーをタバコのように咥えて、気怠そうに立っている。

「はよざいます、晶子先生。今日も目が覚めるような美人っぷりですね。あークッソ、俺がもっと早く生まれてたら、先生を独身になんてさせなかったのになぁ」

「うるせえぞガキ！　バスケ部のエースだからって調子乗ってんじゃねえ！」

キレた三十路女教師が咆哮を放ったので、俺は「きゃー、暴力教師ー」と声を上げ、きゅっと目を閉ざし怖がるフリをしてみせる。

それから幾多の生徒に紛れて校舎に入り、下足箱から上履きを取り出そうとした時、背後から誰かに抱きしめられた。

「ふふ、だーれだ？」

真後ろから発せられた、ややハスキーな女性の声が俺の耳たぶを揺らす。柔らかい二つの何かが背中で潰れる感触に、心臓の高鳴りが止まらない。

「……こ、こんな古典的な悪戯するの、陽菜乃先輩しかいないでしょ」

「ほう、大当たりだよ」

腰に回されていた両腕がパッと離れる。振り返ると、予想通り、南陽菜乃が悪戯っぽい笑みを浮かべて立っていた。

右手を腰に当ててモデルのようなポーズをしている、一学年上の先輩。黒髪ロングを爽やかに揺らしつつ、切れ長の瞳に嗜虐的な喜びを抱いている。ニヒルに歪んだ口元も、そこから覗く綺麗な白く光る歯も、獲物を前にした捕食者の笑顔を思わせる。だがそんな彼女を見ても恐怖や嫌悪より、この人になら食べられたいという気分にさせられてしまう。それくらいの美人だ。

「生徒会長ともあろうお方がこんな低俗なことをしていいんすか？」

「低俗なこととは心外だね。部下の忠誠心を試しただけじゃないか」

「なら、俺が忠実な部下であることは、十分お分かりいただけましたね。先輩の声をちゃんと当てて見せましたよ」

「うーん。確かにそうだが、ちょっと簡単すぎたかもしれないね。聴覚だけではなく、触覚や嗅覚を使う余地もあったわけだし」

「嗅覚って何ですか。先輩の体臭を嗅ぎ分けられる変態だと思われてんですか、俺」

　でも、さっき身体が密着した時、微かに良い匂いを感じたのも事実だったり。

　俺みたいな無気力人間が、生徒会などという意識高い団体に入ってしまったのは、全てこの人が原因である。

　どこの部活にも入らずに、放課後の校内をぶらついてたところ、突然腕を引っ張られ、生徒会室に連れ込まれたのが運の尽き。気づけば生徒会の一員、いや陽菜乃先輩の下僕として飼われることになってしまった。

「冗談だよ冗談。それよりも、君の匂いの方を私がチェックしないといけないかもな」

「え、臭いですか、俺」

「いやいや、そうじゃない。君が、私以外の女の匂いを付けていないか気になるからね。飼い犬が客人に尻尾（しっぽ）を振るのを許せないタチなんだ、私は」

「だ、大丈夫ですよ。俺、先輩以外に親しい異性はいませんから」

罪悪感に、少しだけ胸が痛む。

「だろうね。今日も登校中ずっと一人ぼっちだったからな。あの哀れな後ろ姿と言ったらまるで捨てられた子犬のようで、私も涙を堪（こら）えるのに必死だったよ」

「ちょっと、なんで俺が玄関出たところから知ってるんですか！」

この人の情報網には時々、本気で恐怖を抱く。

「あはは、それじゃあ、また放課後。生徒会室で待っているよ」

人をからかうだけからかった後、颯爽（さっそう）とその場を去っていく。ラジオ体操を終えたばかりのように、気持ちよさそうな伸びをして。

あの人の前だと、どうしてもペースを乱されてしまう。

落ち着くために目を閉じて、深呼吸してから教室に入った。すると、急にクラスメイトの数人から囲まれ、その内の一人から馴（な）れ馴（な）れしく肩を抱かれる。

「ボンジュール、湯上（ゆがみ）君。さあ、今日も僕らの青春を若々しく駆け抜けていこうじゃないか。今日という一日は一生に一度しかないんだ。大切に生きていこうよ」

「あ、ああ、おはよう。なんだ、そのおかしなテンション」

熱でもあるんじゃないかと思うくらい、そいつはご機嫌だった。いつもはもうちょっとまともな奴（やつ）だったはずだ、たぶん。

「おかしいだって？　ハハッ、そんなことはないさ。いつも通りだよ。一つだけおかしいことがあるとするなら、僕の後ろに幸運の女神が微笑（ほほえ）んでいるくらいさ」

「……なんかあったの？」

本人に話が通じないので、周りのクラスメイトに聞いてみた。

「ほら、今日『スパスト』のライブだろ？　こいつ、プレミアチケットが当たったって前から自慢してたじゃん」

「そっか、お前、『スパスト』の朝美（あさみ）推しだったもんな。今日は楽しみだな」

こんな奴でも朝美のファンなら大切なお客様だ。こっちの朝美のためにも親切にしてやろう。別に羨ましくもないしな。

「ああ、放課後が待ち遠しいよ。皆（みんな）、今の俺には幸運の女神がついているぞ。さあ、触れることを許そう。今の俺なら、世界中の紛争だって止められる気がするぞ」

こいつ、本当に大丈夫なんだろうか。俺だけではなく周りのクラスメイトも、嫉妬よりも心配するように見つめている。

騒がしくしていると、教室に熊のような巨漢の担任が入ってきて野太い声で一喝する。

「ほら、朝のホームルームだ。さっさと席につけ。そこの野郎ども、せっかく今日はお前たちに朗報があるんだから大人しくした方がいいぞ。……よしよし。皆、着席したな。いいぞ、入っておいで」

担任に呼びかけられて廊下から入って来たのは、西洋人形のような金髪少女。彼女が一歩一歩踏み出す度に、この教室が欧州の華やかな雰囲気に塗り替えられていく。

彼女はクラスメイトに向き直ると、はにかんだ笑みを浮かべながら自己紹介する。

「エルダ・フォン・ノイマンと申します。ドイツから、転校してきました。日本のアニメや漫画が大好きで、日本語もそれで覚えました。皆さん、よろしくおねがい、します」

日本語のイントネーションに若干の違和感があるが、むしろその不器用さが微笑ましい。幼子のような愛らしさを添えている。

エルダが、青空の一角を切り取ったかのような碧眼でクラスメイトを見回して……。

――はい、ストップ。

4

俺は振り返って、通り抜けてきた扉を眺める。開いたままの扉。その奥では、クラスメイトも教壇に立つ担任も固まっている。そして、俺には見えないけれど電子のスピンですら動きを停止しているはずだ。まるで時が止まったかのように。

扉はこれだけではない。その隣には同じように開きっ放しの扉があり、その奥にも様々な風景が広がっている。

こうした扉が俺の視界に収まり切らないくらい続いている。一定間隔で置かれた扉は左右に延々と広がっていて、その終端は見えなかった。

ここを、『扉の世界』と勝手に呼んでいる。

扉以外には何もない、真っ白な世界だ。雪のようなとか真っ白なキャンバスのようなと か、そうした表現すら思いつかないくらいの白さ。虚無を色で表現したらこうなるんじゃないかって感じの白色。色がついている自分が異物に思えるくらいだ。

一方で、並んでいる扉には色が付いている。扉ごとに色は違っていて、赤だったり青だったり緑だったりと多様だ。ドアノブが付いているだけで装飾の類いはないので、どんな色だろうと印象には残りにくい。まあ、扉自体はどうでもいいのだ。重要なのは、扉の先に続く空間だ。

この無数の扉の向こう側には、それぞれ別の世界がある。

幼なじみの友永朝美（ともながあさみ）が国民的アイドルで恋人な世界。

樹里（じゅり）という義理の妹がいる世界。

生徒会長の南陽菜乃（みなみひなの）に気に入られている世界。

これらは、いわゆる並行世界だ。様々な可能性が派生していった世界。異なる出来事、異なる歴史を辿（たど）っている、似ているようで全く違う別々の世界。

『扉の世界』にある扉を通ることで、俺はそれぞれの並行世界にいる現地の『俺』に乗り移ることができる。

なんでそんなことができるのか。俺にもさっぱり分からないので、そんなことは聞くな。

数か月前にとある事故にあって以来、目を閉じて念じるだけで、この『扉の世界』に行けるようになってしまった。

最初は頭が変になったのかと思った。実際、俺は事故の時に思いっきり頭を打ったらしいから、脳に後遺症を負っていたとしても不思議じゃなかった。

だがどれだけ検査を重ねても、俺の頭はでっかいたんこぶが出来た以外は正常だった。

そうなると、もう現実を受け入れるしかない。

俺は、並行世界を移動できるようになったのだ。

その現実を受け入れると、これが実に面白い。

俺の毎日は、朝、並行世界ザッピングをすることから始まる。色々な『扉』から手当たり次第に入って、面白い出来事が起こりそうな並行世界を探すのだ。当たりを引いたら、しばらくその世界で過ごしてみる。

ちょっと退屈を覚えた時、例えば授業の合間とかにはザッピングを再開し、あちこちの世界を訪ね歩く。俺にとっては、CM中に他のチャンネルを覗くような感覚だ。

この能力を得てから数か月を経て、俺は数え切れないくらい並行世界が存在することを知った。

だから、俺にとって青春とは唯一ではない。色んな青春の可能性を一度に謳歌できる。ほろ苦い恋の失敗も、部活の試合の敗北も、俺には存在しない。失恋したのなら成就した世界に行けばいい。部活の試合やコンクールで負けたのならば勝った世界に行けばいいだけのこと。俺には、成功が約束されている。

さあ、次は、どの世界へ行こうか。

5

今日一日、朝のホームルームから放課後へ至るまで、俺は様々な体験をした。

ライブのリハ中の朝美に応援のメッセージを送った。

昼休み中に生徒会長の南陽菜乃に連行され、生徒会室でティータイムを楽しんだ。

義妹（いもうと）の樹里（じゅり）が忘れた、バレー部の大会用ユニフォーム代を届けに行ってやった。並行世界を行き来するようになってからというもの、こんな風に重奏的な日々を送っている。精神的な疲れはあるけど、悪くない毎日だ。

並行世界を知る前の俺は冷笑的で、クールを気取って周りと深く関わろうとせず、自分や世界を卑下（ひげ）してばかりいた。

才能もなく、努力をしても成果に繋（つな）がらない俺のような凡人の人生は、空白のマスしかないスゴロクのようなものだ。ゴールに向かって、サイコロを振り続けるだけ。毎日がキラキラしたイベント続きの朝美（あさみ）とは、プレイしている盤面（ボード）が違う。

俺は世界の脇役。ずっとそう思っていた。

だが並行世界の存在を知って、全てが変わった。

自分の中に、あるいはこの世界に様々な可能性があることを知って、世界を見る目が一変した。本当の自分はこんなにも可能性に満ちていたのだと、視界が一気に開けたような気持ちだ。

ああ、素晴らしきかな人生。

『扉の世界』に行けるフリーパスを与えてくれたのが神様だとしたら、喜んで入信しよう。宗派を教えてくれれば全財産を寄進して熱心な信者になるつもりなのに、神様は案外奥ゆかしい方のようで今のところ名乗り出てくる気配がない。なので俺は未（いま）だに無宗派だ。

さて、放課後である。

「今日はどうも。帰りにチロル買ってきてあげる」と樹里から昼のユニフォーム代のお礼メッセージが届いていた。

即座に電話し、賃上げ交渉を行う。

「貴重な昼休み潰して届けてやったのに、報酬低すぎだろ。最低賃金割ってんぞ」

「あーはいはい。板チョコにしてあげるね。じゃ、私これから部活あるから」

投げやりな声が返ってきて、すぐに切られた。

昔は俺に対してもっと丁寧な口調だったのだが、今や影も形もない。それだけ我が家に馴染んでいるということなので良いことだが、兄の威厳はどんどん下降している気がする。

「やあ、秀渡君、よかったら私のウチに来ないか。ふふ、ちなみに両親は不在だぞ」と蠱惑的な笑みを浮かべる陽菜乃先輩。

「そんなこと言いながら、どうせ生徒会の仕事を押し付けるつもりですよね」

とはいえ、先輩と二人きりになれるのは嬉しい。

その他もろもろの女性陣や部活の先輩からお誘いを受けて、それぞれの世界で一緒に下校したり、部活動に勤しんだりする。

たまにはその日に過ごす世界を、どれか一つに絞ろうと思うこともあるのだが、ついつい目移りしてしまって、結局、あちこちを行き来するはめになってしまう。

ちなみに『扉の世界』では時間が流れていないので、いくら悩んでも並行世界は停止したままだ。だから、どれだけ世界を行き来しても、周りの人間には俺が瞬きしたようにしか見えない。

放課後の過ごし方を悩んだ末に、今日はわき目も振らず帰宅し樹里の板チョコを心待ちにし、益田さんとオシャレなカフェに入り、陽菜乃先輩と一緒に生徒会の仕事をしている間、エルダに町の案内をして、校庭のトラックを玲央奈と並走して汗を流しながら、晶子先生の罵倒のような声援を受けてバスケ部の仲間と強豪校との試合に挑みつつ、朝美のライブ会場へと向かった。

俺がスパストのライブ会場前にやってきた頃には、人だかりで溢れており、皆公演の始まりを今か今かと待ち望んでいる。

そんな彼らを横目に、俺は会場の裏道に用意されたスタッフ専用通路に向かう。立ちはだかる警備員を、事前にもらっていた通行証をぴしりと突きつけて追い払い、ファン垂涎の楽屋裏へと足を踏み入れる。

この通行証は、朝美のマネージャーさんを通じて得たものだ。かなり渋い顔をされたが、本番前の朝美のメンタル調整役として俺の価値を認めてもらった。

楽屋裏は張り詰めた空気だ。裏方スタッフの緊張感が肌を刺す。邪魔をしないようソロソロと歩く。

スーパーストリングスの控室は個人の人気度合いによって違っている。人気投票上位陣であれば個室が与えられる。それ以外のメンバーは大部屋だ。そして、不動のセンターの朝美はもちろん特等室である。

『スーパーストリングス・友永朝美様』と書かれた扉をノックする。「どーぞ」と返答を受けて、扉を開いた。

「よ。調子はどう、だ？」

「ひ、秀渡！」

朝美は、控室の椅子に座って目を丸くしていた。本番直前だというのに、まだリハーサル用の黒いトレーニングウェアを着ている。そのぴっちりしたパンツの裾はまくり上げられ、露になった右足首にはテーピングがされていた。朝美の右手には保冷剤が握られており、さっきまで足首を冷やしていたことが一目で分かった。

「あーびっくりした。てっきり、マネージャーさんが来たのかと思ったよ」

朝美は照れ笑いしながら、さりげなく右手を背中に回して保冷剤を隠す。

「どうしたんだよ、足首」

「う、バレたか。さすがに、幼なじみは騙せないね」

幼なじみじゃなくてもバレバレだぞ。

「捻ったのか？」

「うん、今日のダンスに新しい振り付けパートがあって、そこを自主練してたらちょっとね。軽く痛むだけだから、本番中は何とかなるでしょ。医療スタッフさんにも診てもらって、ほら、テーピングしてもらったし」

そう言って持ち上げた右足首は、確かにきっちりとテーピングされている。

「いやー、新しい振り付けがなかなか難易度高くてねー。その点、カンナちゃんは完璧にこなしていたんだからすごいよ。こりゃあ、私のセンターの座も危ういかもですな」

おどけているが、朝美(あさみ)の顔に差した微(かす)かな不安の影が見える。

朝美がライブ前に弱気になるなんて、これはなかなかのレアイベントだ。

考えてみれば、最近の朝美は傍(はた)から見ても働き過ぎだった。ドラマや映画撮影、ファッション雑誌のモデルまでこなして、更には今日のライブ。完全なオーバーワークだ。ダンスの練習が足りてなかったのも無理はない。

さてさて、なんて声をかけてやろうか。

俺の視界には、無数の選択肢がまるでゲームのメッセージウィンドウのように浮かび上がって見える。

よし、まずこれでいこう。

「安心しろ。お前がセンターの座を追われようとも、俺の隣がお前の居場所だってことは、永遠に変わらないから」

いやー、我ながらクサいセリフだ。鳥肌が立つ。だがまあ、これはダメだろうな。分かり切ったことだ。

「うん、ありがとう。……あはは、アイドル辞めて秀渡（ひでと）に養ってもらおうかな？」

予想通り、寂しそうな笑みを浮かべるだけ。その顔から不安の影は消えない。

さて、次の世界へ行くか。

「たとえお前が失敗して世界中の人間がお前のファンをやめても、俺はお前のファンをやめないからな」

そんな風に返答した世界では。

「……変な気遣いしないでよ」

明らかに朝美の雰囲気が不機嫌になっていた。

お、これはちょっと珍しい。怒り顔ゲットだ。エゴサしてアンチのコメントを見つけても、普段は涼しい顔で受け流すのに。さてはこいつ、結構余裕ないな。

その後も、いくつか外れの『扉』を巡る。

長い付き合いなので、何を言えば朝美が喜ぶのかわかっている。だから正解の選択肢も知っている。だが、つい寄り道してしまう。

これは俺の悪癖だ。ＲＰＧとかで、王女から「どうか魔王を倒し世界を救ってください」と依頼があって「はい・いいえ」の選択肢が出た時、あえて「いいえ」を選択して、その後の反応を確認したくなるのと同じこと。

もちろん、それはゲームだから出来ることで、明らかに間違った選択肢を現実で選べる人間はいないだろう。やり直すことも、別の選択に移ることもできないから。

だけど、俺は違う。いくらでも別の選択肢に移動できる。

なので色んな選択の結果を覗きたくなってしまう。大抵はつまらない展開で終わってしまうが、さっきの朝美の怒り顔みたいなレアな表情を見ることもあるし、予想外の結末を迎えることもある。このように、世界に秘められた様々な可能性を探すことは、全人類で俺だけに許された遊びだった。

次に訪れた並行世界では、俺は朝美の手を握っていた。

きょとんとした彼女の目を見つめ、「もう無理しなくていい。俺と一緒にここから逃げよう」と大真面目に告げた。

一瞬の沈黙。そして。

「な、なななにを言ってるの！　そ、そんなの無理だよ！」

朝美の顔が真っ赤になって爆発した。ただ、口では否定しつつも、俺の手を振り払おうとはしない。

「だ、だって、ファンの皆を裏切れないし。いや、あの、心配してくれるのは嬉しいし、秀渡と一緒に逃げるのも、その、悪くないし、むしろドラマみたいでちょっと憧れる気持ちがないわけじゃないんだけど……」

俯きながらブツブツと呟く。髪の間から覗く耳が先端まで赤く染まっている。

朝美がライブ直前で逃げ出すなんて無責任なことをするはずがない。それくらい幼なじみ兼ファン一号の俺には分かっていたし、断られることも織り込み済みだ。……のだが、まさかここまで露骨に照れるとは予想外だった。まったく可愛い奴め。

朝美の意外な一面が見れたことで、【実績№５４５『友永朝美との逃避行未遂』を解除しました】というメッセージが表示された、ような気がした。

よし満足した。そろそろ正解の世界に向かうとしよう。

まだ俺が何も返答していない、ずっと答えを先送りにしている並行世界へと。

そこにいる『俺』と同期して、最初から分かっていた正解をようやく口にする。

「じゃあ辞めちまえば？　アイドル」

あっけらかんと、挑発するような物言いで食って掛かった。

「……はえ？」

朝美の瞳が大きく見開かれる。

「だって、大変そうじゃん。仕事もいっぱい入ってて、今日だってミスったんだろ？　もう限界なんだよ。だったら、これからは普通の女の子として、俺の彼女になってくれ」

「そ、そう言ってくれるのは、嬉しい、けど」

「だってお前よりダンス上手い奴がいるんだろ？　誰だっけ、カンナちゃん？　だったらお前は潔く引退して、そいつにセンター譲ってやれよ。そうすれば俺もお前と大っぴらにデートできるじゃん」

　アイドルなんて職業をやっている以上、自己顕示欲の強いナルシストに過ぎない。自分が大好きで、他人に負けるのが大嫌いな人種。それがアイドルであり、友永朝美だ。そういうメンタリティがなければそもそもアイドルなんて続けられない。

　だから朝美にかけるべき言葉は、慰めでも同情でもなくて、煽ってやることだ。

「ひ、秀渡の申し出はありがたいけど、カンナちゃんは上手いって言っても、ちょっとだけだから。あの子、本番に弱いタイプだからまだ私が引っ張ってあげないと心配だし……。ほら、スパストにはまだ私が必要だから」

　朝美の目が右往左往している。その慌てっぷりに相応しく、言葉もしどろもどろだった。

「だけど、リハすら失敗する人が本番にうまくできんのかなー」

「で、出来るに決まってるじゃん！　私は数々の修羅場を潜り抜けて来た、友永朝美だもん。本番は完璧にやってみせるし。自分で選んだアイドルの道だもん、最後まで走り抜けたいの！」

　興奮した朝美が椅子から勢いよく立ち上がった。

「よし、なら、もう大丈夫だよな」

そう言ってやると、朝美は我に返って息を呑む。俺の言葉がすべて、朝美を元気づけようとしたものだと気づいたんだろう。

そのまましばらく顔を真っ赤にしていたが、気を取り直すように腕を組んで、ふんっとそっぽを向く。

「……ああ、もうっ。分かった、乗せられてあげる」俺から視線を逸らしながら、こう付け加える。「なんか悔しい！」

赤面の怒り顔。

だけどその口元が僅かに綻んでいることを、俺は見逃さなかった。

6

それから一時間くらい後、俺はサイリウムの海の真っただ中にいた。ステージの真正面に設けられたプレミアムシート。歓声と熱狂が渦巻く空間に。

ステージから伸びた色取り取りの光線が、会場に沈殿した薄い闇を切り裂いていく。これほど見事な光の演出も、この場においては引き立て役に過ぎない。

ノリのいいアップテンポの曲に会場が沸き立つ。電子工学の力で増幅された彼女たちの声が空間を駆け回り、観客の心を震わせる。

ライトアップされたステージの上で披露される、スーパーストリングスの華麗なダンス。観客という看守の視線が集うステージ、そんな飾り立てられた牢獄（ろうごく）の中で、彼女たちは命を燃やして踊っている。

その中央で、最も視線を浴びるのが朝美（あさみ）だった。

堂々と胸を張り、長い手足を俊敏に動かす。何度もターンを繰り返すことで衣装を飾るフリルを翻（ひるがえ）し、ダンスをよりドラマチックに魅せていた。

この日のため、この一瞬のため、今日ここに訪れた自分たちのために用意された彼女たちのパフォーマンス。その特別感は、ファンにとって何物にも代えがたいプレゼントだ。

これが、朝美が望んでいたこと。あいつは自分に求められることをちゃんとわかっていた。だからこうして、彼女は新たな振り付けにも果敢に挑戦する。

本当なら、俺のアドバイスなんて必要なかった。あいつは一人で悩むことがあっても、一人で解決できただろう。

それが、友永（ともなが）朝美。俺の幼なじみ。華やかな世界で誰よりも輝いている。

俺も含めて、その空間にいる誰もが朝美の完全性を疑わなかった。ライブの成功を信じていた。

それはスパストメンバーの真ん中で朝美が大きくジャンプした瞬間に起こった。

ふわりと軽やかに舞うスカート。着地し、その場で鋭いターンを決めようと回転した朝美の身体は、まるで止まりかけのコマのように勢いとバランスを欠いていた。ターンの軸となる右の足首が、着地の瞬間にぐにゃりと曲がっていた。

長時間のライブで疲労が蓄積していたこと、リハで足首を捻っていたことも原因なのだろう。不安定な着地になった。

グラついた朝美は重力の腕に引かれ、強引なワルツを踊らされる。そして、そのままステージの床に倒れた。

誰の目にも明らかな転倒。

ドンッ。

会場の空気が一瞬で凍り付き、サイリウムの波が硬直した。

もちろん、朝美もプロだ。すぐに立ち上がり、一連の動きは振り付けの一部だったかのように堂々と振る舞っている。観客も我に返り、再び歓声を取り戻す。

しかし、その後の朝美の動きは素人目にも鈍くなっていた。足の運び方が覚束なくなり、先ほどのダイナミックな動きは面影すらない。

それでも彼女は最後まで笑顔を保ち、それに観客も声援で応えた。

何事もなかったかのようにライブは続けられ、そして終わる。

観客の多くは満足げな顔をして帰っていく。

しかしネット上ではすでに朝美の転倒が話題になっていた。

「せっかくのライブが台無しになった」「あのタイミングでミスるなんてガッカリ」「センター辞めろ」「こんな調子で全国ツアー回れんの？」朝美以外のメンバーを推しているファンからはネガティブな意見が飛び出し、そうした意見に反発する朝美単推しファンの声も大きかった。スパストのファン界隈ではちょっとしたボヤになっている。

まさか、朝美があんな重要な場面でしくじるとはな。これは相当な激レアイベントだ。ソシャゲ的にはSSRだぞ。さてさて、今頃、朝美の奴、どんな顔してるんだろ。

俺は興味本位で、会場の裏口に再び入り込む。

事務的に片づけに勤しむスタッフの横を通り過ぎて、朝美の控室へと向かう。

その扉の前に立ち、ノックをしようとした手が止まる。

「さっき医療スタッフにも言われたでしょ？　完璧な捻挫で、もしかしたら疲労骨折かもしれないって。まずは精密検査。その結果がどうであれ。しばらくは安静にしなさい。万が一を考えて、全国ツアーの大阪と神戸は降板します。その後の公演に出られるかは、お医者さんの判断で……」

マネージャーの鋭い声。

「だ、ダメですよそんなの。私、まだ踊れます。こんなの気合いでやれば」

　久しぶりに聞いた朝美の震えた涙声。

「……今はそういう時代じゃないの。ケガした未成年アイドルを無理矢理踊らせたなんて世間に知られたら、そっちの方がグループにとってダメージだから」

「でも、私のことを待っている人たちだって……」

「仕方ないわ。あなたの穴はカンナに埋めてもらいます。これは決定事項。さて、急いで降板の通知とお詫び文を用意しないと……。これは、最悪、返金対応もあり得るかもね」

　バタンと扉を開けて出てきたマネージャーは、俺の姿を認めて一瞬驚いたようだがすぐに控室の奥を顎でしゃくった。俺に朝美のフォローを頼むかのように。

　半開きになった扉の隙間から、中を覗く。

　そこには、打ちひしがれた朝美の姿があった。まるでこのまま空間に溶けていってしまうのではないか、そんな儚い存在。さっきまでステージの上で輝いて、太陽系の中の太陽よりも存在感を放っていた人間と同一人物とは思えない。

「……っ……」

　顔面を両手で覆い隠し、声なき嗚咽をあげている。

「……おい、朝美」

　朝美が涙でぐちゃぐちゃになった顔をあげる。

「ひで、と」

「あ、あー、えっと、今回のことは……」

うわ、なんて、激レアイベントを引いてしまったんだ。まさか、朝美がダンスに失敗した挙げ句に、泣き顔を晒すなんて。この世界はレア中のレア。ＳＳＲどころか、バグだ、詫び石だ、返金祭りだ。

流石の俺も正解の選択肢が分からない。

だが俺が何か言うよりも前に、朝美が抱き着いてきた。

ふわりと舞い上がったアイドル衣装のフリル。俺の胸に顔を埋めているので、朝美の表情はわからない。

「……ねえ、秀渡、あの言葉、まだ有効かな？」

「どの言葉だ？」

「アイドル、辞めちまえってやつ」

俺が本番前に言った煽りの言葉だ。

「秀渡の言う通りだったよ。もっと早く引き際を見極めるべきだった。私なんかがここまで来れただけで十分。もう十分夢は見れた、だったら、もういいよね」

「ち、違う、あれは本気で言ったわけじゃなくて……」

「私、アイドル辞めるよ。そして普通の、ただの女の子として、秀渡の彼女になりたい」

そう言って、顔を上げた朝美は柔らかい笑みを浮かべている。潤んだ瞳に、少しだけ上気した頰。その頰には涙の跡がしっかりと刻まれていて、悲哀が色濃く残っている。

「それでいいかな？」

俺は、彼女を突き放すこともできず、ただじっと見つめていた。

……こいつ……誰だ？

俺の知っている友永朝美は、アイドルを辞めるなんてそんな無責任なことを言うやつじゃない。ファンやスパストの仲間を見捨てるような選択をするはずがない。

なら、ここにいる少女は、誰だ？

俺が余計なことを吹き込んだせいで、彼女をこんな風に弱くさせたのか、だったら俺のせいか？

本当の彼女はこうじゃない。どんな時も輝いて他人の心配なんか鼻で笑うかのように自力で成功させてしまうアイドルで、俺の自慢の幼なじみだ。ダンスで転倒するなんて、そんなミスをするような奴じゃない。

そうだ、朝美をこんな風にしてしまう世界は間違っている。悪いのは俺でも彼女でもなくて、この世界なんだ。

こんな可能性は、あり得ない。存在しちゃいけない。

だから俺は瞳と世界の扉を閉ざす。

身体に伝わる朝美の体温が消えたのを感じる。再び目を開く。

「そんじゃお疲れさまだね、かんぱーい！」

控室の中、爽やかに笑った朝美が缶ジュースを掲げていた。

こっちの『俺』と同期し、ここ数時間分の記憶に抱きしめられた。

朝美はライブのダンスを完璧にこなして、ライブを大成功に導いていた。ファンの期待に応えるどころか、上回るほどのパフォーマンスを魅せた。ネット上には興奮冷めやらぬファンの賞賛コメントが溢れ返っていた。スパスト箱推しのファンも、朝美以外のメンバー推しのファンも、誰もが満足した世界だった。

「ああ、お疲れ。つっても疲れたのはお前だけだけどな」

俺は持っていた缶ジュースを、朝美のそれにコツンとぶつける。

今は、二人だけの打ち上げだ。

朝美は腰に手を当てながらジュースを一気飲みして、ぷはあと息を吐く。

「くぅう、これこれ、この一杯のために生きてるよ」

「おっさんかよ。そういう発言、ファンには聞かせるなよ」

「うわぁ、なんかマネージャーさんみたいなこと言うね。はいはいわかってますよーだ。今は秀渡と二人きりだからいいんだよ」と口先を尖らせる。

「……一応俺も、お前のファンなんだけどな」

朝美に聞こえないくらいの声量でぼやく。

幼なじみという近しい関係性がちょっとだけ憎らしくて、少しだけ嬉しかった。

それからは、いつも通りだった。

心地よい疲労感と満足感に酔いしれる朝美を労ってやり、ライブの成功を何度も祝った。これから全国ツアーに行ってしばらく会えなくなる時間を埋め合わせるように、俺たちはたわいもない会話を繰り返して、笑いあった。呆れ顔のマネージャーさんが撤収を告げに来るまで、ずっと。

そうだ、これが正しい世界、本当の世界だ。

並行世界を渡り歩くのは好きだ。だが、目を覆いたくなるほど酷い世界に行き当たることもある。

朝美がライブでミスしてアイドルを辞めると宣言する、そんなことがたわいもないと思えるくらいの、とんでもない世界も山のようにあった。

例えば、朝美がストーカーに付きまとわれて殺される、交通事故で死ぬ、ライブステージのセットが崩れてその下敷きになる、そんなあり得なくはない不幸が起きた世界とか。

それに、もっと根本的なところから変わってしまった世界もある。

未だに日本が第二次世界大戦を戦い続けている世界はヤバかった。多くの日本人が駐留する連合軍に対してテロやゲリラ戦を続けていて、敵味方ともに泥沼の戦いを八十年近くも続けていた。

その世界の『俺』の記憶は、連合国への恐怖と憎しみに塗(まみ)れていた。ドロドロに煮詰まった感情を、俺は直視できなかった。当然、すぐにその世界から逃げた。

ほかにも、冷戦が続いた世界、核戦争になった世界、高い致死率のウィルスが蔓延(まんえん)した世界、グローバル経済が崩壊し大恐慌が起きた世界。

そして、俺の理解すら拒絶する、意味不明な世界もあった。

『扉』の先が真っ暗で何も見えない世界だ。

ブラックホールよりも暗黒な世界。『扉』を開いているだけで魂まで吸い込まれ、消化されてしまいそうな暗闇が広がる、名状しがたき異世界。不穏な気配がプンプンしたのですぐに閉じて、それ以来その『扉』には近付いてすらいない。

どれだけ恐ろしい並行世界だろうと、『扉』を閉じて別の世界に逃げ込んでしまえばそれで終わり。とはいえ、一度同期してしまった記憶は、カレーうどんのシミみたいになかなか消えないし、しばらく気分が悪くなる。いくら俺に収集癖があろうとも、そうした世界を訪れるのは御免だ。

そんな不幸の数々を見て何が面白い？　不幸な可能性がたくさんあると知ったところで何が楽しい？

世界にはもっと明るく、素晴らしい可能性があるのだから、そうした幸せな可能性に目を向けるべきだ。

だから俺は、小さな幸せが芽吹く世界を移動するようになった。

これは、並行世界を移動できる俺だけに与えられた特権だ。

そう、そのはずだった。

この時の俺は思いもしなかった。

俺だけのこの特権が何の意味もなくなる、そんなややこしい事態がこの先に待っているなんて。

第二章　流れろ私の涙、とアイドルの幼なじみは言った。

1

前触れとは、大抵は後になってからそうだったと気付くものだ。

だが今回の件については、後になって振り返っても前触れなんてなかったように思う。

一つだけ言えることは、女の子の悲鳴が全ての始まりだった。

早朝。その金切り声に叩き起こされた俺は、並行世界ザッピングすることも忘れて、自室から飛び出した。

階下からは、両親の騒ぎ立てる声と耳を劈くような樹里の怒声が聞こえる。

なんだなんだ？　ゴキブリが出たにしては騒ぎ過ぎじゃないか？

クエスチョンマークを浮かべながらリビングに足を踏み入れた。おはようと言おうとして、その言葉を慌てて飲み込む。

家族団らんの場が、修羅場と化していた。

両親と樹里がテーブルを挟んで向かい合い、なにやらぎゃあぎゃあと言い争いをしている。普段は仲睦まじい親子なのに、俺がリビングに入ってきたことにも気付かないくらい白熱した口論を続けている。

……これは、ずいぶん面白い世界に来てしまったようだ。

「いい加減こんなつまんない冗談はやめてよ！　私、樹里だよ。娘の顔を忘れるほどボケる歳じゃないでしょ」

樹里のツインテールが持ち主の怒りを表して、ピーンと伸びていた。まるで怒った猫が尻尾を立てるように。

「……うーん、申し訳ないが記憶にないよ。ウチには秀渡という息子がいるだけで……。な、なあ、そうだよな、母さん」

「ええ、そうですね。……まさか、あなたに隠し子がいたなんて記憶は私にもありませんでしたよ」

「じょ、冗談はよしてくれよ。僕がそんな不埒なことしているはずないじゃないか。それよりもなんで僕は自宅に戻っているんだ？　昨日までニューヨークにいたはずなのに」

「あなたこそ面白い冗談を言うのね。どうしてあなたがニューヨークにいるの？」

「あはは、母さんこそジョークが上手いな。僕の転勤が決まったから、秀渡を家に残して二人揃ってアメリカで暮らしているじゃないか。ご近所の友永さんの娘さんに秀渡の面倒を見るよう頼んでさ」

向き直る夫婦。

いつの間にか樹里は蚊帳の外に置かれて、夫婦喧嘩が始まっていた。

「ちょっと待って。海外転勤の話は昨年断ったでしょ？　自分の出世よりも家族が一緒に居ることの方が大事だって言ってたのに」

「ちょっと待ってくれ。君こそ、僕の出世を家族一丸で応援すると言ってくれたのに。あれは嘘だったのか？」

「そんなこと言った覚えはありません！」

「二人とも。私の話も聞いて！」

三者三様の主張がぶつかり合い、しかし一切噛み合わずにみつどもえの口論になっている。もはや収拾はつきそうになかった。

　まあ確かに、樹里は本当の娘ではない。母方の伯父の娘、俺にとっては従妹だ。

つっても、これまでほとんど面識はなかった。

　伯父が父親、俺にとっては祖父にあたる人物と、実家を継ぐ継がない、というよくある話で揉めており、折り合いが悪かった。そのせいで、俺の母親とも疎遠だった。

　俺が伯父に会ったのは、祖父の葬儀の時だけだ。伯父も家族を連れてきており、樹里ともそれが初対面になる。当時の俺は小学校低学年で伯父夫妻の記憶はほとんどないが、樹里のことは何となく覚えている。

　その時の樹里は俺以上に状況を理解しておらず、ハムスターのようにキョロキョロとせわしなく辺りを見回していた。俺たちは特に会話もせず、この葬式という辛気臭い行事が早く終わればいいのにと願っていた。

それが俺にとっての従妹の樹里との最初の記憶になる。

そしてここから先は、とある並行世界の『俺』の記憶だ。

『俺』はその後、樹里と再会することになる。新しい家族として。

その並行世界では二年前に伯父夫妻が交通事故死し、丁度中学生に上がる頃合いで樹里は天涯孤独の身となってしまう。頼れる唯一の親戚が俺の母だった。

子供の『俺』には知り様のない色々な過程を経て、結果的に樹里は湯上(ゆがみ)家に迎え入れられ、『俺』の義理の妹となったわけだ。

しかし、義理の娘、義理の妹だからといって、湯上家が樹里を蔑ろ(ないがしろ)にしたことは一度もない。両親は樹里を我が子のように可愛(かわい)がっていた。たとえ冗談でも、樹里のことを忘れたとか、子供は秀渡(ひでと)しかいないとか言う人たちではない。

しかし、この状況、どうなっているんだ？　三人が本気で話しているなら、集団記憶喪失？　これまで色々な並行世界を見てきたが、そんな変な事態に出くわしたことはないぞ。

うーん、このまま傍観していても埒(らち)が明かないな。

「あのー、おはよー」と俺は自分の存在感を三人にアピールする。

その瞬間、三対の双眸(そうぼう)が獲物を見つけた捕食者のようにギリッと俺に向けられた。

「ひ、秀にぃ、秀にぃは私のこと覚えてるよね」

「おわわ！　だ、大丈夫だ。だから抱き着くな」

普段は俺の半径一メートル以内には絶対近付かない思春期真っ盛りの樹里が、真っすぐに俺の胸に飛び込んでくる。

なんだこいつ、いつもツンケンしているくせにこうやって甘えることもできるんだな。なかなか可愛らしいところがあるじゃないか。

「う、うう、秀にぃぃ」

素直に頼られると、つい俺も兄貴感を出したくて樹里の後頭部を優しく撫でてしまう。

　しかし樹里がこうして俺に躊躇いもなく抱き着いたということは、この三人が示し合わせて、俺を担いでいるわけではなさそうだ。

　ってことは、この三人の記憶がマジで食い違っていることになる？

　頭を悩ませていると、ふと視線を感じて振り返る。

　そこには抱き合う俺たちを冷ややかに見つめるご両親がいた。親に内緒で女の子を自宅に連れ込んで、しかも自分のことを兄と呼ばせる危険な息子を嘆く顔である。

「ひ、秀渡、お前、女の子を連れ込んで何を……」

「……わ、私は、息子をそんな変態に育てた覚えは……」

　うわ、マジ泣きだ！

　理由は不明だが、ご両親は樹里のことをマジで覚えていない。それだけでなく、父さんは海外転勤が決まったと思っていて、母さんはそうではないと思っている。ここでも記憶の食い違いがある。

「あ、こ、これは！　違うの！」

我に返った樹里に俺は突き飛ばされ、脇腹をテーブルの角に思いっきりぶつける。

「いってえ！」

ぶつかった衝撃でテーブルからテレビのリモコンが落下し、偶然にも電源ボタンが押された。

『繰り返します、どうか、落ち着いた行動をお願いします。今、皆さんは、知らない人間が家にいる、家族が別人になっている、知らない場所にいるといった状況に置かれているかもしれません。こうした記憶の混乱現象は現在世界各地で起こっています。原因は不明ですが、どうか冷静になってください。落ち着いた行動をお願いします』

テレビ画面に映った朝のニュース番組では、女子アナが公共放送とは思えないほど焦燥感を露わにして叫んでいた。

大地震や台風の時だって、こんなに慌てることはないだろう。

『あ、これより、この緊急事態に対して、首相官邸にて記者会見が行われるとのことです。中継が繋がっております。どうぞ』

女子アナがそう言うと、大きな地震が起きた直後のニュースでよく見る、首相官邸の記者会見室に映像が切り替わった。

青地のカーテンを背景にして、オッサンたちが並んでいる。

……うん、並んでいる？

見間違いではない。六人のオッサンが横並びに立っていた。どれも見覚えがある。各政党を代表する大物政治家たちだ。それぞれ脂ぎった顔をしながら、手にマイクを持っている。

「えー、国民の皆さん、落ち着いて聞いてください。私こそが内閣総理大臣の……」

一人が喋り出したと思ったら、対抗するかのように他の五人も一斉に前へと踏み出す。

「いえ、皆さんもご存じの通り、私こそが内閣総理大臣、自立党の、……」「皆様、騙されてはいけません。私こそが本当の内閣総理大臣でありまして」「いや、私が」

自称総理大臣の方々がお笑い芸人のようなやり取りを始めていた。

なんだこれは、絶対に笑ってはいけない首相官邸？

カメラを向いていた自称総理大臣たちは、すぐに互いに睨み合った。

「全く何を言っているんですか、あなたたちは。自立党は前回の選挙で大敗して下野したじゃありませんか」

「何を言い出すんですか。自立党は野党に歴史的大勝利をし、単独過半数を得ましたよ。あなたこそ絶対安泰と言われていた地元の選挙区で負けて、赤っ恥を晒していたじゃないですか」

「失礼な！　天地がひっくり返っても地元が私を裏切るはずがない。それに、今や野党はあなたたちでしょう」

最初はテレビカメラを向いていた総理大臣たちは、今やお互いに睨み合っている。口論をどんどんヒートアップさせ、醜態を晒していた。

記者会見に集まったマスコミはもちろんのこと、テレビで見守っている国民のことまで綺麗さっぱり忘れ去ってしまったようだ。いや、それは別に今に限ったことじゃないか。

「……なんだこれは、ドッキリ番組か？」

「こんな朝早くから？　でも、いつもだったらニュースをやっている時間よね」

「いくら本格的なドッキリでも、与野党の大物政治家を一度に集めるなんてことしないでしょ」

両親と妹は言い争いをやめて、興味深そうにテレビを注視していた。

これはどういうことだ。記憶の混乱は我が家だけじゃなくて、日本中？　いや、もしかして、世界中で起きてるっていうのか？　これまで色々な世界を見てきた俺でさえ知らないとんでもない事件がこの世界で発生している？

中継映像が切れて、また女子アナが映る。

『えー、ひとまず、国からの支援は時間がかかりそうですので、皆様、どうか一人一人が落ち着いた行動を心がけてください。不要不急の外出は控え、自宅で待機していた方がよいかもしれません』

「……と、言われてもなぁ。ニューヨークからこっちに戻って来ちゃったからには、一応、日本の本社に出社して今後の指示を仰がないと……」

流石、父さん、社畜の鑑だ。

「そうねぇ。私もパートがあるし、買い物にも行かないとお夕飯の支度ができないわ。でも……」

父さんと母さんの目が揃って樹里に向けられ、不安そうな視線が注がれる。今の二人にとって樹里はいきなり現れた他人も当然。自宅に置いておくことに抵抗があるようだ。

そのことを樹里も察したのか。

「もういいよ！　私、学校行くから！」

と叫んで、リビングを飛び出していった。「後で謝っても許してあげないから」と捨て台詞を吐いた去り際、強く閉じられた双眸からキラキラした粒が零れるのが俺には見えた。

……ふう。非日常的なことが次々と起きてなかなか刺激的だったが、流石に疲れてしまった。

こういう時は幼なじみの顔を見て日常を思い出し、癒されるに限る。

小休止のつもりで、俺はまぶたを閉じた。

その瞬間、俺の意識は肉体から分離し、重力を含むあらゆる物理法則の手を振り払い、別次元へと移動する。

意気揚々と目を開けると、いつも通り『扉の世界』が広がっていた。目の前には、開きっ放しの『扉』。俺のさっきまでの視界が、矩形に切り取られて扉の内側に広がっている。『扉』の表面には、まるでステンドグラスのように無数の色があちこちに塗られまくっている。

うわ、なんか現代アートみたいだな。普通、『扉』は単色なんだが。こんなところでも奇抜さを発揮している世界だ。

まあ、この世界について調べるのは一旦置いといて、ひとまず隣の『扉』に……。

「…………は？」

なかった。

あれだけ続いていた無数の『扉』が、何もなかった。どこにもなかった。並行世界に続くはずの『扉』は、最初から存在しなかったように消えていた。

それはつまり、並行世界に移動できないことを指すわけで……。

いやいやいやいや、嘘だ、あり得ない。

鈍器で頭を殴られたような衝撃だった。

「そ、そんなばかな！」

きっとどこかにあるはず。見つけてないだけ。隠れているだけだ。

自分に言い聞かせながら、無限に広がる真っ白な世界を当てもなく走り続ける。

一度生まれた焦燥感は、坂道を転がる雪玉のようにどんどん加速し、俺を押しつぶせるくらいに膨らんでいく。

どれほど走っただろう。

『扉の世界』では時が流れないから分からない。少なくとも俺の体力が尽きてヘロヘロになるくらいには走り続けた。膝から崩れ落ちる。結局、あの色取り取りの扉を見つけることはできなかった。

疲れ切った思考の中で、今までの出来事が脳裏を過った。

記憶が食い違う両親と樹里、テレビに出ていた政治家たち。彼らは全員、自分の主張が正しいと心の底から信じているようだった。

それに『扉の世界』から無数の扉が消えたこと、唯一残った扉のエキセントリックな色彩、そして世界規模の記憶の混乱現象。

この奇妙な事態に対する一つの仮説が、頭を掠めた。

それをあり得ないと笑い飛ばせない。

……まさか、並行世界が一つに混ざり合っている？

2

主観時間で丸一日『扉の世界』で呆然(ぼうぜん)としていたが、何も変わらないので、仕方なく現存する唯一の扉に入り、たった一つだけの世界に戻ってくる。

なお、こっちの世界では一秒として経過していない。

昨日見た光景がそのまま続く。

すっかり家族団らんの明かりが消えた、我が家のリビング。泣きながら樹里(じゅり)が去り、それを見送る気まずそうな両親。樹里が我が家にいる世界では、絶対に起こらなかった光景が広がっている。

寂しそうな樹里の背中が、ゆっくりと閉じていく玄関の扉の向こう側に消えていく。

その様子を見てぞくりと背筋に怖気(おぞけ)が走った。嫌な可能性が次々と脳裏をよぎる。

並行世界移動能力を失った俺はただの凡人だ。これから何が起きても別の世界に移動できない。つまり、樹里が事故や事件に巻き込まれたとしても……。

「ま、まて、樹里！　俺も行く！　一緒に登校しよう！」

閉じかかっていた玄関の扉の動きが止まる。

「い、いいけど……」と樹里が素直に受け入れる。

それから俺は大急ぎで準備をして玄関を飛び出し、きょうだい二人で通学路を歩く。

年頃の樹里が俺と並んで歩くなど、普通だったら絶対にありえない状況だ。きっと樹里も頭が混乱していて、一人きりの通学が不安だったんだろう。

一歩踏み出す度に、俺は薄氷を踏むかのような微かな恐怖を覚える。右足から出すか、左足から出すか、たったそれだけの違いが将来に大きな変化を生む可能性がある。バタフライ効果とかカオス理論だとか言うらしいが、そういう小難しい知識とは関係なく、俺は経験則で知っている。

かつて存在した無限の並行世界の中には、些細なことが原因でとんでもない事故や不運を招き寄せた世界もあった。

以前の俺ならば、そんな不幸に遭遇したとしても、正しい世界の扉を開ければそれで済んでいたのだが。今はそういうわけにはいかない。慎重にならざるを得ない。

「ねー、一緒に歩くなら歩くで、もう少しキビキビできない？」

樹里からそんな抗議を受けようとも、俺は常に石橋を叩き続ける。

車道を走るトラックがスリップして突っ込んでこないか、頭上から植木鉢が落っこちてこないか、あらゆる事件や事故の可能性を予測していた。

「……みてよ、これ。ネットも凄いことになってる。ホント、何がどうなってるんだろうね？　ほら、このアカウントの人も、私と同じで、両親から忘れられているみたい」

樹里がスマホで情報収集をした結果を教えてくれた。

ネット上は、おびただしいほどの嘆きの声に溢れていた。誰もが自分が陥っている境遇を語り、自分のことを知っている人間がいないかと、電子の海に迷い子のごとく呼びかけている。

その声を拾っていくと、樹里のように家族から存在を忘れ去られたケースや、所属している学校や会社が自分の認識と異なっているケース、周囲からお前は死んでいるはずだと告げられたというケースまで多々あった。

この記憶の混乱現象はやはり世界的な規模みたいだ。

だとすると、本当にあらゆる並行世界が一つに統合されたんだろうか。

思いついた自分の仮説を何度も考え直してみるが、正しいのか分からない。

「お願い！　返して！　あなた、いつ留置場から出てきたの？」

急な叫び声がした方向を見ると、マンションの前で若い夫婦が向かい合っていた。父親は娘とおぼしき小さな女の子と手を繋いでおり、それを母親が何やら咎めている。

「いつって、俺たちはずっと一緒に暮らしていただろ。留置場ってなんだよ、物騒だな」

「……私は何度叩かれてもいいから、アカネだけは、お願い傷つけないで……。返してよ」

「おいおい。俺がお前をぶつわけないだろ。何言ってんだよ。なーアカネー、変なママですねー？」

「えー、パパ。この人、だれぇ？　ママじゃないよ」

何やら不穏な様子だった。

「ね、ねえ、あれ、大丈夫かな？　止めに行った方が……」

「やめろ。トラブルに巻き込まれるぞ！　警察に任せとけ」

不安そうに夫婦を見つめる樹里を引っ張った。

どうやらネット上と同じく、街中にも色々と混乱が起こっているようだ。

白髪頭の老人がぽかんと口を半開きにしながら徘徊しており、どこぞの施設から抜け出して来たものと勘違いした親切な通行人が話しかけたところ、「なぜ神国日本にこのような敵性言語が蔓延っておる！」とえらい剣幕で怒鳴り散らし、街のあちこちに溢れた外国語を指差す光景が見られた。

こうしたトラブルがあちこちに見られるが、普段通りに学校や会社に向かおうとする人が多かった。大地震や台風が起きた時よりもよっぽど平静に過ごしている。実に日本人的で、少し安心する。

やがて前を歩いていた樹里が足を止め、「じゃあ、私こっちだから」と俺に言った。いつの間にか、互いの通学路の分岐点にたどり着いていた。

「大丈夫か？　なんなら学校までついて行くぞ」

「私は初めて一人で小学校に行く子供か」

　呆れた目で見られる。

「けど世間が混乱しているだろ、何が起きたとしても不思議じゃないし……」

「心配してくれるのは嬉しいけど、ホント大丈夫だから」

「早くしないと遅刻しちゃうから、ここまでお見送りどうも」

　遠ざかっていく樹里の背中を見ていると、不安感がどんどん募っていく。

「教科書とノートは忘れてないよな？　ハンカチ持ってるか？　授業中にトイレ行きたくなったらちゃんと先生に言えよ！」

「だから私は小学生か！」

　くるっと振り返った樹里がツッコむ。慌てて注意する。

「おい、バカ！　ちゃんと前を向いて走れ！」

　樹里の姿が見えなくなるまで待ってから、俺は自分の通学路を歩く。

　身の安全のためには、家に戻って閉じこもっていた方がいいのか？　けど、樹里だけじゃなく、ほかの人たちの状況も気になる。朝美は？　陽菜乃先輩は？　それ以外にも多くの友人が学校にいる。彼らに何かあったらと思うと引きこもる気にもなれず、俺は覚悟を決めて歩みを進めた。

見慣れた校門が視界に入ってくる。少しだけ日常に戻れたような気がして人心地つく、かと思ったら、校舎の前は数多くの生徒でごった返していた。

「あれ？　私の靴箱どこ？」「なにこれ？　下駄箱に知らない人の靴が入ってるっ」

「おい、お前っ、ここはおれの場所だろ」「バカ言うな。前からずっとおれのだ」

「おっかしいなぁ。二年三組の教室はどこ？」「何言ってんの？　三組なんてないでしょ」

記憶と現実の齟齬により立ち往生する者が続出し、それが血栓となって生徒の流れを押し留めているようだ。

こりゃあ、俺も教室に行くまで時間がかかりそうだ。

おしくらまんじゅうしている生徒たちを眺め、俺は諦観と共にその場に立ち尽くす。

「やあ、秀渡君。お互い、困ったことになったものだね」

その魅惑のハスキーボイスは、この混乱の最中にも俺の聴覚に確かに響いた。振り返ると、やっぱり陽菜乃先輩がいた。

ネクタイを襟元までしっかり締め、スカート丈も校則通りの高さに止める模範生。俺に対してだけ、妙に挑発的な表情をする、この学校の生徒会長。

俺の名前を呼んだ、ってことはこの先輩は俺のことを知っている。

一安心し返事をしようとして、声が詰まった。

……あれ？　俺、これまでどんな風に先輩と会話していたっけ？　この場合、なんて言葉を返したら正解なんだ？

それは、まるでゲシュタルト崩壊のような感覚。

今までの俺は、周囲とのコミュニケーションでさえ並行世界のおかげでいくらでもやり直しができた。失言したと悟れば、それをしなかった世界に行けばよかった。相手が求める言葉を囁いた世界に行けば良好な関係が簡単に築けたし、女の子を『攻略』することだってお手の物だった。

しかし、今の俺にはそれができない。

たった一言で、これまで積み上げた信頼関係を崩壊させることもある。人間の心理は複雑怪奇だ。どこに地雷があるのか分からない。並行世界を失った今の俺が一度でも何かを間違えれば、二度と覆せない結果として確定してしまう。

それを自覚した途端、俺の喉は張り付き、たった一音すら発することが出来なくなってしまった。

並行世界のない生き方が、こんなにも不便で窮屈だったなんて！

「黙り込んでどうしたんだい？　まさか、君も私のことを忘れてしまったのか？」

俺の顔を覗き込んだ先輩が不安そうな表情を作る。……弱気な先輩って初めて見るな、可愛い。

って、見惚れている場合じゃない。このまま黙り続けていたらおかしな奴だと思われてしまう。何か返事しないと。

「だ、だだ、大丈夫です、ちゃんと覚えてますよ。南陽菜乃先輩。うちの高校の生徒会長ですよね」

陽菜乃先輩は艶やかな唇から白い歯を僅かに覗かせて笑う。

「ああ、私の知っている秀渡君で安心したよ。君にまで忘れられていたら、おかしくなっていたかもしれない。しかし、一夜明けたら、こんな世の中になるなんて思ってもみなかったな」

クールな印象を保っている陽菜乃先輩だが、何度もせわしなくご自慢の黒髪ロングを梳いている辺り、彼女なりに戸惑いを抱いていることは確かだ。

あの先輩ですら、この世界的な混乱に心を乱されている。そう思うと少し気が楽になって、舌も若干軽くなった。

「せ、先輩は、大丈夫でしたか？　ご家族とか」

「うむ、ダメだったな。お母様は私を産んだ覚えはないと言うし、お父様は自分が未だに独身だと信じて疑わず、私どころかお母様まで置いてけぼりにしてどっかに行ってしまったよ。元々温かい家族関係だったとは言えないが、これには私も驚いたな」

「う、それはキツかったですね」

「それで、君の方は？」

「俺は大丈夫だったんですけど、妹が先輩と似た感じで。両親から認知されていませんでした」

「……ほう、君は一人っ子のはずだが、いつの間に妹なんてできたんだね」

「なんで当たり前のように俺の家族構成を知ってるんですか！」

この人、やっぱり怖い。

「ふむ。君の妹を自称する輩（やから）が現れたのか……。なるほど。その子の発言が虚言であれ事実であれ、君の主人としては一度ご挨拶したいものだな。しかし急に妹が現れたというのに、君は随分と落ち着いているね。まるで妹の存在を前から知っていたようだ。普通はもっと驚くものだと思うが」

確かにその通りだ。不審に思われて当然だ。

だが、実は俺に並行世界移動能力があって、妹がいる世界を知っていると伝えたところで、信じてもらえるとは思えない。

どうしよう、うまく誤魔化（ごまか）さないと。

「あ、じ、実は、俺、妹とかめっちゃ欲しかったんで。驚きよりも嬉（うれ）しさが勝っちゃってるんですよ、いえーい。妹最高っ」

うわ恥ずっ。何やっているんだ俺。これは失敗だ、別の扉に……、って出来ないんだった！

「くっ、そうだったのか。お姉さん系先輩キャラの私は、君の眼中にはなかったのか。なるほど、どうりで私になびかないわけだ」

本気で悔しがらないでください先輩。

突然、どんっと右肩に衝撃を覚えた。誰かが俺にぶつかってきたようだ。

「あ、すみませ」

咄嗟に謝ろうとその誰かの顔を覗き込んだところ、涙を浮かべた瞳と目が合った。

「秀渡！　ねえこれはどういうこと？　なんでマネージャーさんも、スパストの皆も私のことを知らないの？　ひ、秀渡は覚えてるよね、私のこと！」

アイドル友永朝美がそこにいた。ウェーブが掛かったミディアムヘアを揺らし、俺に縋りついている。しかもプライベート用の変装をしていない。フリル盛りだくさんのライブ衣装を白日の下に晒しており、自分が『スパスト』のセンターであることをこの上なく主張していた。

「あ、朝美か。……しかも、おまっ、そんな恰好で」

俺を見上げる朝美の顔が、ぱあっと明るくなった。

「私のこと、覚えてる！　ホントに？　ねえねえ、もっと私のこと呼んで」

「と、友永朝美だろ。いいから、お前、その服隠せよ」

いつ周りに朝美のことを気付かれるか、気が気じゃなかった。というか、すでに周囲から好奇の視線を向けられている。

まずいまずいまずいまずい。朝美と俺が親しい関係にあると知られたら、ファンから八つ裂きにされる。

実際に、そういう世界があった。俺たちの関係が週刊誌にすっぱ抜かれて、俺も朝美も散々な目にあった。その時は、すぐにその世界への扉を閉じたから事なきを得たけど、今はそういうわけにはいかないんだ。

「ほかには、他に、私について覚えてることはない?」

そんな俺の気も知らないで朝美が縋り付いてくる。

「そ、そんなことより、お前、こっから離れてないと」

「いいから教えてよ。じゃないと動かないからっ」

その場に根が生えたように立ち尽くし、俺の右腕をガッチリホールドしている。そのせいで豊かな胸が二の腕に当たって潰れている。

これは返答しないと放してもらえない!

「ア、アイドルグループ『スーパーストリングス』のセンター! 前回の人気投票一位! 先月発表したソロ曲『秋への扉』がオリコンチャート四週連続一位! ついでに俺と幼稚園からの幼なじみ。これでいいか！」

「そうっ、そうだよ。ああ、良かった！　私を知っている人がいる！　しかもそれが秀渡なんて！」

朝美は俺から離れるどころか、俺の首に手を回してますます接近してくる。彼女の長いまつ毛の一本一本が数えられるくらいに顔が近い。

「ちょっと君たち。生徒会長の私の目の前で何をおっぱじめる気だ」

陽菜乃先輩の動揺した声という世にも珍しいものが響いたかと思うと、朝美の身体が俺から離れていく。

朝美の襟を掴んで引っ張った陽菜乃先輩の姿は、まるで客人にじゃれつく飼い猫を引き剥がす飼い主のようだった。

「せ、先輩、いや、違うんです、これは」

ダメだ、全然言い訳が思いつかない。そもそも俺は誤魔化すのがうまい性格じゃない。というか、今までは何か問題が起こっても世界を移動すればよかったから、言い訳なんて考える必要性もなかった。

「秀渡君。君の女の趣味をとやかく言いたくはないが、妹系だけではなく、こういうコスプレ少女も好みというならちょっと将来が心配になってしまうよ」

陽菜乃先輩が梅雨のようなじめっとした視線で俺と朝美を交互に見ている。

「こ、コスプレじゃないです。これはちゃんとした『スパスト』の衣装です！」

ムキーッと怒りを露わにする朝美。

「……『スパスト』なら、世事に疎い私でも知っているくらい有名なアイドルグループだが、君もその一員だと言うのか？」

「そうです！」と朝美が胸を張る。

陽菜乃先輩は朝美の頭のてっぺんから足のつま先まで、値踏みをするように眺め回す。

「うーん。私は詳しくないが、君のような子をメンバーの中に見た覚えがないな。候補生というやつかい？」

「センター！」

「…………嘘をつく時は加減というのを考えないとダメだぞ」

「嘘じゃないので！　私は友永朝美！　名前に聞き覚えないですか？」

「ないな。名前にも顔にも覚えがない」

そういえば、この陽菜乃先輩がいた世界では、朝美は『スパスト』のメンバーじゃなかったな。そりゃ知らないのも当然だ。

「ふむ。なら、ここにいる皆にも聞いてみようじゃないか」と言った陽菜乃先輩は、集まった生徒たちを見回して言った。「皆、この子は『スパスト』のセンターだと主張しているのだが、知っている人はいないか？」

ふと、周囲を見回すと、生徒たちがぐるりと輪を作っていた。

その時、朝美の顔から表情が溶けていくのが分かった。

この場にいる誰もが、朝美を指差して騒いだりしていない。眉をひそめ、首を傾げ、奇異の視線を朝美に注ぐばかりだ。それは国民的アイドルを見る眼ではなく、まるで好きが高じてコスプレまでするようになったオタクを眺めているようだった。

と、そんな野次馬連中の中に、俺は見知った顔を見つけた。

「おいっ、お前」

「は？　なんだよ湯上、いきなり」

俺に掴みかかられたクラスメイトが怪訝な顔を向ける。

「お前、『スパスト』のプレミアチケットを当てて有頂天になってたよな？」

「ん？　ああ。そうだぜ。なんだよ、またその話聞きたいのか？　仕方ねえなあ。この幸運の女神に愛された男の武勇伝を」

「じゃなくて。お前なら、彼女のこと知ってるだろ？　お前、友永朝美推しだったじゃん」

気まずそうに地面を向いていた朝美の顔がぴくんと持ち上がる。俺と、こいつのことを期待するように見ていた。

こいつが生粋の友永朝美単推しだということを、俺はしっかり覚えていた。

あっちこっちでプレミアチケットを当てたと自慢し、朝美を生で見られることに歓喜し、朝美の魅力を力説して回っていた輩である。

そうだ、こいつが覚えていれば……。

「はあ？　こんな奴、知らねえよ。そもそもスパストのセンターは俺の推しの萩坂カンナだし、こんなオーラのない女がスパストに入れるわけねえだろ」

「……いや、だけど、良く見ろよ。あの衣装、どう考えても本物……」

「どうせ勘違いした女オタだろ。たまにいるんだよ。スパストが好きすぎて、自分で衣装作ってコスプレする女が。イタいだけだからやめてほしいんだよなぁ」

こ、こいつ、自分の推しのことを忘れてやがる！　いや……もしかしてこいつは、朝美がセンターじゃない世界から来たのか？

だとしたら最悪だ。少しでも朝美の名誉を回復してやろうと思ったら、とんでもない地雷を踏んじまった。

案の定、こうしてその場の空気は固まってしまった。もしかしたら道行く人一人ずつ声を掛けて回れば、朝美のことを覚えている人間が見つかるかもしれない。だが、今や世界中が混乱している状況だ、俺たちの声掛けに応じてくれる人がどれだけいるだろうか。

「私、私は……」

朝美の瞳からみるみる涙が零れて、顔に施されていた薄い化粧が落ちていく。それは彼女からアイドルという自尊心が奪われていくようだった。

「あー、君、私が悪かった。そんなに落ち込まないで……。大丈夫、君も萩坂カンナに負けないくらい十分可愛いから、いずれスパストに入れる時が来るよ」

見かねた陽菜乃先輩が震える朝美の肩に手を掛けて、優しく慰める。だがそれは、思い込みの激しい少女に向ける同情の優しさだ。今の朝美にとって一番残酷な行いだろう。

「先輩、ここは、俺が」

陽菜乃先輩を退けてから、朝美の傍に寄ってそっと囁いた。

「朝美、安心しろ。俺は覚えてる。間違いなく、お前がセンターだってこと。それに世界がこんな状態だから皆覚えていないだけで、いずれちゃんと思い出す。だから大丈夫だ」

「……うん。ごめん。泣いてちゃダメだね」

ようやく朝美が顔を上げた。涙でマスカラやファンデが溶けて汚れている。俺がハンカチを差し出すと、朝美はそれで顔を拭う。その下から、少しだけ元気を取り戻した素顔が現れた。

「ありがと、秀渡。やっぱり、秀渡だけは、私の……」

その先は聞き取れなかった。ただ、子供のように俺の胸の中に倒れ込んできた。俺もそれを受け止めて、抱き締めてやった。

それを見て盛り上がる野次馬共。歓声やら口笛やらをあげている。調子いい連中だ。

「女のメンタルが弱っているところに付け入るとは、やるじゃん湯上」

うるせえよ。お前が覚えてないせいでこんなことになったんだぞ。金輪際(こんりんざい)、友永朝美(ともながあさみ)のファンを名乗るんじゃねえ。俺の中に眠っているであろうＭＰを全消費して、二度とスパストのライブチケットが当たらない呪いをかけてやるからな。

「取りあえず、今日はどっか静かなところで休め……」

朝美をゆっくりと立たせてから囁(ささや)いたところ、朝美は子供のように首を振って「や」と明確な拒否。そして俺の右腕をがっちりとホールドする。

「……ずっと一緒に居てよ、秀渡(ひでと)」

もちろん、と即答しそうになったがなんとか堪(こら)えた。

「わ、悪い。でも、学校が……」

「こんな滅茶苦茶(めちゃくちゃ)な状況で学校なんて行っても仕方ないじゃん」

それはそうだが……。

「ちょっと待て、それは聞き捨てならないな。君が秀渡君にまとわりつくのは、百歩譲って許可するにしても、彼の学業を妨げるのは生徒会長として見過ごせん」

陽菜乃(ひなの)先輩が参戦してきた。朝美に対抗するように俺の左腕を引っ張っている。

「……あなた、秀渡とどういう関係ですか？」

「主従関係だ」

そんな自信満々に言わないでください、先輩。

「秀渡の従者なら、私の命令にも従ってくださいよ」

「私が主だ！」

二人の俺を引っ張る力がどんどん強くなっていく。

あ、痛たたた。身体（からだ）がさけるチーズみたいになっちゃう。

大岡越前（おおおかえちぜん）の登場を切望する俺の背中に、またもやどんっと誰かがぶつかってきた。

「ヒデト～、こんなところに居たんですね。この学校に外人はいないなんて酷（ひど）いこと言うんです。私のことを覚えてない人が一杯です。この世界は一体どうなっているんですか？　皆（みんな）、昨日とはまるで別人です」

「え、エルダか！　悪い、今は多忙中で」

「うわあ、よかった。やっぱりヒデトは覚えててくれたんですねー」

宗教画のような、エルダの天使の微笑（ほほえ）みが眩（まぶ）しい。だが今の俺にとっては、悪魔の笑みに等しい。

「が、外国人？　秀渡、これってどういうこと？」と朝美が怒気をまとう。

「あはは、秀渡君も隅に置けないなぁ。私の情報網を掻（か）い潜（くぐ）り、こんなにも交友関係を広げていたなんて。しかし、些（いささ）か節操がないのではないかな」高らかに笑っているようで、目が全く笑っていない陽菜乃先輩。

「こんなところに居たのか、湯上（ゆがみ）。たとえ世界が滅びても、我がサッカー部の朝練をサボ

るなんて許されんぞ。当然俺のことは覚えているな？　女なんかに現を抜かしてる場合じゃないぞ」

「待て待て何を言ってる、秀渡君はウチの四番バッターだ。そうだよな？　秀渡君」「いや、バスケ部のエースだ。お前だけは逃がさんからな」群衆の中から晶子先生のドスの聞いた声がする。怖い。「私と陸上部にいたでしょ！」あ、これは玲央奈の声だな。「吹奏楽部のトランペット」「美術部の……」

ふと耳をすませば、あっちこっちから俺を呼ぶ声がする。俺を知っている声。俺の記憶を確認する声。次から次へと畳みかけるようにやってくる。

記憶と現実が食い違い、アイデンティティの崩壊に直面した者たちにとって、自分のことを覚えている相手は心の拠り所なのだ。

どの顔にも見覚えがあった。これまで訪れた並行世界で見た顔だ。

俺は確信した。

今起きていることは、記憶の混乱現象なんかではなく、やっぱり並行世界の統合なんだ。なぜかは分からない。だけど無数の世界の住人がこうして一堂に会しているのは事実だ。異なる世界の住人が一つの世界に放り込まれたのだから、混乱が生まれるに決まっている。

これまで様々な並行世界を駆け回っていた俺だけは、ここにいる全員ではないにせよ、何人かと面識がある。

だから、俺の周りには次第に人が集まり始める。自分の記憶が正しいのだと、俺に認めて欲しい奴らがゾンビのように群がり始める。

今の俺は、地獄に垂らされた一本の蜘蛛の糸で、無数の亡者に掴まれているのだ。

「……はは」

抵抗は、諦めた。

「おい湯上。高校卒業したらあたしと結婚してくれるって約束も忘れてないよな？」

ちょっと待ってくれ先生、それは身に覚えがないぞ！

前言撤回。全力で抵抗させてもらう！

3

俺は色々な相手に揉みくちゃにされ、詰め寄られた。

朝のホームルームを告げるチャイムのおかげで何とか解放されたが、この調子では放課後が不安である。

「……秀渡、離れちゃヤダ」

最後まで俺に引っ付いていたのは朝美だった。俺の制服の袖を摘まんで離れようとしない。

こいつのこんなしおらしい姿を初めて見たかもしれない。トップアイドルとしての自分にプライドを持っていたから、それをへし折られて精神的にかなり参っているようだ。うーん、これはこれで可愛（かわい）い。けど、やっぱり違和感が拭いきれない。

「わかったわかった。どこにも行かないから。とりあえず、お前も教室に来いよ。学校久しぶりだろ？」

「…………秀渡がそう言うなら」

悩み抜いた末に小さく頷（うなず）いた朝美の手を引いて、俺は校舎に入った。アイドル衣装のままだと目立ちすぎるので、学校から予備の制服を借りて朝美に着せる。

そんなこんなでようやく一時限が始まったが、そこでも英語と現代文の教師がダブルブッキング。どちらの教科を教えるべきかで、混乱が巻き起こる。

そして休み時間に、生徒たちがこのおかしな状況について友人と語り合おうとしても、向こうから友人と認知されずに他人のような扱いをされたり、所属しているスクールカーストが変わっていたりと、騒動を挙げて行けばきりがない。

今のところ、誰もが日常を送ろうと努力している。それぞれが信じている日常を。

だが、異なる並行世界の住人にとっての日常の齟齬（そご）が、途轍（とてつ）もない軋轢（あつれき）を生んでいる。

これは、俺のせいなのか？　俺が、並行世界を渡り歩いていたから？

別に、原因が俺にあるとは確定していない。だから自責の念を感じる必要もない。そう思っていても、やはり居心地の悪さはあった。身に覚えのない罪悪感だった。

どんなに世界がおかしくなっても、時間だけは公平に流れている。だから無秩序だった一日もあっという間に夕暮れに染まり、チャイムが放課後を知らせる。三々五々に帰っていくクラスメイトたち。

たぶん、この後も混乱は続くのだろう。人によっては、部活の先輩やコーチからお前は所属していないと告げられたり、そもそも自分の部活が無くなっていたり、家に帰っても同じようなことを家族から言われるかもしれない。

それでも、自分の信じる日常を演じ続けるしかない。

「……秀渡、早く帰ろーよ」

放課後を告げるチャイムが鳴った瞬間、朝美がすぐに俺の席までやってくる。結局朝美は今日一日、俺以外の誰とも話さず、ずっと教室の隅っこで小さくなっていた。

「あ、ああ。わかった、帰ろう」

まさか、朝美と公衆の面前でこんな会話を繰り広げ、一緒に下校することになるとは夢にも思わなかった。

嬉しい、と思うのは流石に不謹慎だよな。

そうして俺は部活の先輩やらキャプテンやら、あるいはほかの女の子やらの視線を掻い潜り、朝美とともにひっそりと学校を脱出した。

帰路を歩く間、朝美はほとんど口を利かなかった。慎重に通学路を下校して、俺たちは朝美の自宅の前にたどり着く。

「ほら、お前んちだぞ」

「……」

だが朝美は自宅の玄関を見つめたまま、動こうとしない。

「どうしたんだよ？　もしかして親までお前のことを忘れてるのか？」

「ううん。違う。ちゃんと私のことは覚えてた。でも今朝（けさ）、パパもママも様子がおかしかったの。起きてきた私を見て、いきなり悲鳴をあげて泣き出して、抱き着いて……。『どうしたの？』って聞いても何も教えてくれなくて。なんだか怖くなったから、私、仕事があるからって言って逃げ出しちゃった」

話を聞いただけでも、朝美の両親の尋常ではない様子が伝わってくる。家族ぐるみの付き合いだったので、朝美の両親のことは俺もよく知っている。気立てがよく、穏やかな人たちだ。朝美を見て泣き出したり、抱き着いたりと、激しく感情をあらわにする姿はちょっと想像できない。きっと、この朝美とは違う世界からやって来たんだろう。

「だから、家に戻るのも怖いの」

「ならうちで少し休んでくか？　今日は色々あって疲れただろ？」

「うん、そうする」

素直に頷いてる。可愛い。

ということで、急遽、俺の家へと向かう。ここから徒歩五分くらいのご近所だ。

「……なんだ、あれ」

家のすぐ手前まで差し掛かったところで、怪しげな人影を発見した。俺の自宅の前で、地面に8の字を描くようにウロウロと歩き回っている。

「朝美、ちょっと隠れてろ」

「き、気を付けてね」

心配そうな朝美をその場に残して、ゆっくりと近づいていった。

世の中が混乱している最中だ。どんな変質者がいても驚きはない。俺はいつでも背を向けて逃げ出せるように注意しつつ近づいて……。

「って、樹里じゃん」

あまりに挙動不審だったので、近づくまで妹だと分からなかった。

俺が呼びかけると、ツインテールがピクンと跳ねてから、こちらを振り返る。

目を伏せ、不安を露わにした表情。横顔を照らす夕日と相まって、強烈な哀愁を感じさせる。

なんだか昔を思い出した。

俺にとっての昔ではなく、ある並行世界の『俺』の昔だが。

「……あ、秀渡（ひでと）、……さん」

「どうしたんだよ、昔の呼び方に戻ってるぞ」

「あ、そうだった。秀にぃは私のこと覚えていたんだよね」

他人行儀だった口調がすぐに砕けたものになる。その顔が豆電球一つ分の明るさを取り戻した。

「……その様子だと、学校でなんかあったか？」

なんとなく察せられるけど。

「……うん。クラスメイトの半分くらいが、私のこと知らないって。それにバレー部のコーチからも、お前はレギュラーじゃないだろって言われた」

平静さを保とうとしているが、その声には微（かす）かな震えがある。

相当ショックだったのだろう。両親から忘れられた今、彼女が縋（すが）れる居場所は友人と、情熱をかけてきたバレー部にしかなかったはずなのに。

「……そうか。それは、大変だったよな」

こんな慰めの言葉しかひねり出せない自分の言語野が情けなくなる。

「……秀にぃが変わってなくてよかった」

それは樹里の本心だと思った。

「ああ、大丈夫だぞ。ちゃんと覚えてる。俺は、お前の兄貴だ」

「……ふふ、カッコつけ過ぎでしょ、ばーか」

そこで、ようやく樹里は小さく笑った。

今日、初めて見た笑顔だった気がする。

「ったく。ほら、さっさと家入れよ」

「……」

しかし、樹里は根を生やしたようにその場から動かない。さっきの小さな笑顔も一瞬にして消えてしまう。

「入りたくないのか？」

「だって、……二人とも私のこと忘れてる感じだし。入れてもらえないいんじゃ」

「こいつはあんたたちの娘だって、俺がちゃんと紹介してやるよ。いくら記憶がなくなっても、お前を寒空の下にほっぽり出したりしないだろ」

「……でも、……顔が両親のどっちにも似てないって言われたら、どうするの？」

「ちゃんと事情を話せばいいだろ」

「世界がおかしくなっているのに、血の繋がらない赤の他人を家に入れるなんて嫌でしょ」

「ちょっとは繋がってるだろ、従妹だし」

「本当の子供じゃないのは事実だもん」

そう言って樹里はまた笑った。今度は自虐的に。

その微笑（ほほえ）みは、俺に昔のことを思い出させる。

二年前。樹里の本当の両親が自動車事故で亡くなって、ウチに引き取られたばかりの頃。

樹里は小学校を卒業し、中学に入学したばかりだった。

義妹（いもうと）に成り立ての頃の樹里は、それは酷（ひど）いもんだった。口数は皆無。たまに話したかと思えば俺にも両親にも敬語で、否（いや）でも距離感を覚えた。

あの時の樹里が、不貞腐（ふてくさ）れている現在の樹里に重なって見えた。

「……その態度、昔のお前を見てるみたいで懐かしいよ」

樹里も昔のことを思い出したのか、顔がさっと赤く染まる。

「う、うっさい」

「そうそう。お前、そんな感じでずっと意地張ってたよな」

「……仕方ないじゃん。あの時はパパとママが居なくなったばっかりだったし。いきなりよその家に住むことになって、どうしたらいいのか分かんなかったの、子供だったもん」

「それなら子供らしく素直に泣いたりわめいたり甘えたり、素直に感情表現しろよ。ずっと無口でいるもんだから、こっちだってどうしていいか分かんなかったぞ」

「……むぅ」

樹里が口先を尖（とが）らせる。

「俺たちに遠慮して自分の気持ちを喋（しゃべ）んないまま、ふらっとどっかに行っちゃうから心配してたんだぞ」

俺は放浪した樹里(じゅり)を探すために、わざわざ隣の県にある樹里の以前の自宅まで迎えに行ったこともある。

その時の樹里は、賃貸物件として今は別の家族が住んでいるかつての自宅を眺めながら、涙も流さずに一人突っ立っていた。

その姿を見た俺は声を掛けられずに、樹里の方が俺に気付くまで遠巻きに見守っていた。そんな配慮とも呼べないことしか、当時の俺には出来なかった。

「……その節はすみませんでした。ご迷惑かけて」

「ばか、家族なんだから迷惑かけて当然なんだよ」

頭を下げて露(あら)わになった樹里のつむじを、つんと人差し指で押す。

「んなっ。やめてよ秀にぃ」

樹里が両手で頭頂部を押さえた。

「はは。いつの間にかこうやってふざけ合えるようになったんだから不思議だよな」

「いつの間にか、じゃないよ。秀にぃが私のセンチメンタルな心なんか気にも留めないでずかずかとお節介してくるから、このままじゃ一生付(つ)き纏(まと)われると思って、仕方なーくこっちから歩み寄ってあげたの。勘違いしないで！」

突き付けられた人差し指が、ぴしりっと空気を打つ。

「そうかそうか。じゃあ、またお節介してやるか。ほら、寒くなるから家に入るぞ。ホットミルクでも作ってやるよ」

樹里の手首をがっちりと掴んで、そのまま引っ張っていく。

「うわっ、油断した！　はーなーせー。ホットミルクは作るって言わないよー」

ドタバタ暴れているが、強引に家の前に引っ張っていく。

「観念しろ。お前はこのウチの子なんだよ」

「むむむ」

しばらく下唇を噛み締めながら俺を見上げていた樹里だが、やがて大きなため息を敗北宣言の代わりに吐き出した。

「もう、いいや。そこまで言うならこの家にとことん居座ってやる。お父さんやお母さんが出て行けって言っても占有権主張するからね。秀にぃが保証人だかんね、忘れないでよ」

「ああ、任せろ。連帯保証人でも、後見人でも、パトロンにでもなってやるよ」

「……ほんと、威勢だけは良いよね、秀にぃ」

呆れた口調の樹里だったが、そのツインテールの毛先が嬉しそうに跳ねたことを俺は見逃さなかった。

「え、えっと、話、終わった?」

そのまま妹を連れて家に入ろうとした時、遠慮がちな声とともに朝美が現れる。

「あ」

やばい、朝美のことをすっかり忘れていた。

「で、結局、その子は誰なの？　秀渡の知り合いみたいだけど、私とは初めましてだよね？」

「あー、実は俺の、……妹だ」

「秀渡に妹なんて居ないでしょ」

速攻で否定された。すうっと、朝美の目から光が消える。

う、やっぱ無理か。『この』朝美のいた世界では樹里は妹になっていないんだから。

「あ、あれー、今まで紹介したことなかったっけ？」

すっとぼけたところで、朝美のジト目が冷気を帯びただけだった。

「キミ、幼なじみ舐めてる？　今更、湯上家の家族構成を誤魔化せると思ったの？」

お、おっしゃる通りでございます。流石幼なじみ。家族ぐるみのお付き合いって怖い！
ぐ、どう答えれば、俺が年下の女の子を無理矢理妹扱いしている異常者じゃないと分かってもらえるだろうか。

俺が考えあぐねていると、背中に隠れていた樹里が突然ぱっと前に飛び出た。俺を庇うように両腕を広げている。

「あ、あの！　秀にぃが言ってることは本当です。私、この家の子で、この人の妹なんです、嘘じゃないんです、信じてください朝美ちゃん」

「……って言ってもね。今まで秀渡の妹なんて影も形も……」と言いかけた朝美の唇が止まり、首を傾げる。「あれ、私、自己紹介したっけ？　なんで名前知ってるの？」

その瞬間、樹里の頭上に稲妻がドカーンと落ちた、ように俺には見えた。

「な、なにを言ってるんですか！　あなたの顔と名前を知らない人が、この日本にいるわけないじゃないですか！　友永朝美ちゃん、スパストのセンターですよ、私、大ファンです、この前のライブにも行きたかったんですけど、チケット外れちゃって、仕方ないから会場の外で待機して、音漏れだけ摂取してました！」

樹里はまるで動画の早送り再生のような早口でまくし立てた。

「え、うそ、嘘、私のこと、知ってる？」

「はい、もちろんです。グッズだって集めてます。私の周りはスパスト箱推しの子が多いんですけど、私は断然朝美さん単推しですから！」

「ほんとにほんと？　やったぁあ、超嬉しい。ありがとね、ありがとね」

俺以外に自分を知る人物に出会えた朝美はアイデンティティを取り戻したようで、月面に到着したニール・アームストロング船長のごとくぴょんぴょん跳ね回ってから、樹里の右手を両手でがっつりホールドし何度も上下に振った。

「ありがとう、本当にありがとう」

「あ、朝美、ちゃん、の、生、握手、て、てがが。柔っ、温っ、いい匂っ」

「えーっと、樹里ちゃんだっけ？ うーん、なんていい子なんだろう、秀渡の妹にはもったいないよ、ねえ私の妹にしていい？」

「いいわけねえだろ」

朝美の奴、嬉しさのあまりとんでもないことを言い出したな。

「はいなります。朝美お姉ちゃん！」

「お前もどさくさに紛れて何言ってんだ」

こいつら、あっという間に仲良くなりやがって。

しかしまあ、今まで暗い雰囲気だった二人に笑顔が戻ったのだから、よしとしよう。

そのまま俺たち三人は自宅に上がる。そして樹里の部屋に案内された朝美が「あ、これって、ファーストトライブのブルーレイの初回限定盤特典だよね」と壁に貼られたポスターを嬉しそうに指差す。

「うわぁ、懐かしいなこれ。あはは、この頃の私、まだ笑顔がぎこちないね。あれ、でも、こんな衣装だったかな？」

眉間に皺を寄せて記憶をまさぐっている。

朝美がスパストのセンターであるという点は同じでも、樹里のいた世界とは異なる世界である以上些細な違いはあるようだ。

「あ、わ、私、紅茶、淹れてきますので、ごゆっくり」

樹里がそのまま部屋を出ていく。その途中、樹里は俺の腕をぐわしっと掴み、「秀にぃ、お客様用のティーカップ探すの手伝ってよ」と言って連れ出した。

キッチンでお湯を沸かしている間も、樹里はずっと興奮していた。何度も床をバタバタと踏みつけている。フローリングが傷つくぞ。

「これ、夢じゃない？　夢じゃないよね！　朝美ちゃんが私の部屋にいるんだよ！」

「夢じゃねえよ現実だ」

「あー、しんどい。どうしよう、私、今日死んじゃうかも」

樹里の頬からはコンロにかけられたやかんよりも激しい湯気が立ち上り、高熱のせいか目もグルグルと回している。

「考えたら、朝美ちゃんにティーバッグの紅茶って失礼じゃない？　あーもうどうして気づかなかったんだろう！　秀にぃ今すぐインドに飛んで！」

「英国女王扱いかよ。大丈夫だ、あいつの舌はちゃんと庶民だから。アッサムとダージリンの違いどころか、ペットボトルの紅茶を注いだって分かんねえよ」

親切に教えてやったのに、先ほどまで興奮気味だった樹里の目が急に鋭くなった。

「……なんか、秀にぃのくせに、朝美ちゃんに馴れ馴れしくない？　ムカつくんだけど」

『この』樹里の視点では、俺が急にアイドル友永朝美と仲良くなっているように見えるわけだから、そりゃ疑問が湧くのも当然だ。

しかし、朝美とは幼なじみであり、しかも付き合っている、なんて話をすれば余計に混乱させるだけだろう。いや、それでは済まないかもしれない。ガチファンのこいつに知られたら命の危機だ。

「そんなことより、お湯沸いてるぞ」と誤魔化す。

「うわ、そうだった」

樹里は笛を鳴らすやかんを取り上げて、お客様用のティーカップにお湯を注ぐと、琥珀色の液体を煮出した。

ティーカップを乗せたお盆を樹里の部屋まで持っていくと、そこには自分のファングッズに囲まれて寛ぐ朝美がいた。ソファに腰かけ、部屋の壁に貼られたスパストのポスターやらブロマイドやらをふにゃーっとした笑顔で見回している。

「あー、スパストの私がいっぱいで癒されるー、自尊心が回復していくー」

朝美の頭上で、HPゲージがぐいーんと伸びていた。

「よ、よろしければ、前回のライブのブルーレイも見ますか？　私、プレイヤーとプロジェクターを持ってるので」

「見る！」

樹里の提案に朝美が乗っかる。

そうして樹里の部屋で鑑賞会が始まった。

壁に投影されたスパストのファーストライブの映像に、朝美と樹里が歓声をあげる。

「きゃああ、何度も見ても朝美ちゃんのダンスかっこいい！」

壁の映像に向かってサイリウムを激しく振る樹里。おい、隣に本物いるんだが。

「うーん、ちょっと映像の画角がなぁ。こっち向きの方がよくない？　ほらほら」

「きゃあああ、生の朝美ちゃんのダンスすごいいいいい！」

ソファの上で踊り出した現在の朝美にサイリウムを向ける樹里。今更気づいたのか。

ライブの映像はもちろんのこと、練習シーンや当日の舞台裏が撮影された特典映像まで、たっぷりと楽しみ、現在の朝美による再演まで行われた。

二人っきりのファンミーティングは加熱していく。

「ここまで来たら、ファーストライブから順に見ちゃおうよ！　センター、友永(ともなが)朝美の栄光の軌跡を追いかけよう！」

「さんせいでーす！」

「……おーい、合計何時間あるか分かってますかー？」

俺のツッコミは華麗に無視され、樹里の手が記念すべき朝美のファーストライブのブルーレイをセットする。

「うわぁ、懐かしいなこれ。最初は、こんな小さな箱だったんだね」

当時を思い返す朝美の目が哀愁を帯びて細くなる。

「でも朝美ちゃんはデビューからすごかったですよ！」

二人の視線が、ファーストライブの映像に向けられる。壁に穴が開くんじゃないかと思うくらいの熱い視線。

「……あれ？」

最初に違和感に気づいたのは、この二人ではなく俺だった。

おかしい。

ステージに上がった人影の一つとして見覚えがない。楽曲が鳴り響き、サイリウムとスポットライトが暗闇を照らす。

「え、嘘」

「そんな……どうして？」

その時になって二人も気づいた。

ファーストライブの映像に、友永朝美がいない。スパストの新規メンバーとして踊っているのは、現在では人気ナンバーツーのはずの娘、確かカンナとかいう名前だった。

あれほど盛り上がっていたこの空間が一瞬にして凍った。スピーカーから溢れるアップテンポの楽曲と前向きな明るい歌詞が、恐ろしく空虚に響いている。当然ながらその歌にも朝美の声は入っていなかった。

どうやらこのブルーレイは、朝美がアイドルになっていない世界のもののようだ。ということは統合されたのは住人だけじゃないってことだ。

「あ、あれ、どうしちゃったんだろ？　今までこんなことなかったのに。プレイヤーが壊れちゃったのかな？　すぐに別のブルーレイに差し替えますね」

樹里が困惑しながらディスクを取り出す。

「あ、あはは。大丈夫。今日は変なことがよく起こる日みたいだから、もう何があっても驚かないよ」

朝美が取り繕うように笑いながら、後ろ髪を撫でつけた。そして、視線をちらりと窓の外に逃がす。

「すっかり暗くなっちゃったね。私もそろそろ家に帰るよ。今日は本当にありがとう。

……うわぁ、お母さんから着信が鬼来てるよ」

スマホに目を落とした朝美が慌てて立ち上がった。

「あ、引き止めちゃってすみませんでした」

「いいよ。どうせ家すぐ近くだもん。また会いに来るからね、樹里ちゃん」

「え？　近くって？」

「ん？　私の家、すぐそこでしょ？　徒歩五分じゃん」

「……はは、またまた朝美ちゃんったら。朝美ちゃんがご近所に住んでたら、私が知らないわけないいじゃないですか」

「ふふ、樹里ちゃんこそ面白いね。私は、十年以上もこの街に住んでるのに」

二人とも互いの言ってることを冗談として笑い飛ばしている。

うん、そうなんだよな。二人の発言は矛盾しない。ただ、『この』樹里がいた世界では、うちの近所に朝美は住んでいないってだけの話なんだから。

それから、朝美と俺たちは笑顔で別れた。

だけど、最後に目の当たりにした、朝美が不在のファーストライブの映像だけは、俺たちの心に焼き付いたまま離れなかった。

4

夕方、帰ってきた両親は、今朝と比べると樹里に対する態度が軟化していた。

たぶん、両親も今日一日を過ごして、自分や周りの記憶が当てにならないと強く実感したのだろう。

それに、樹里とは別の並行世界からやって来たとしても、この両親が全くの別人になってしまったわけではない。細かい点はともかく、記憶や人格はある程度共通している。だから樹里の待遇について、二つの並行世界の両親が同じ結論に至ったのは当然のことだ。

おかげで夕飯は四人そろって食卓を囲むことができた。

なにかもが元通りとはいかないまでも、家族の体裁は整った。

「しかし、本当にどうなったんだろうな、この世界は」

四つの咀嚼音がこだまする中、父さんがしみじみと呟く。

「会社の方は無事だったの？」と俺。

「部長が入れ替わっていたり、問題を起こして地方に飛ばされたはずの人間が重要なポストに就いていたり滅茶苦茶だったよ。父さんの勤務先も人によって言うことがバラバラでな。ニューヨークだの、本社だの、旭川支店だの、もう訳が分からん。だから仕事にならんかった」

「でも、そういう人事情報って会社のサーバーに残っているんじゃない？」と樹里がたくわんをパリポリ食べながら言う。

「普通はそうなんだが、その情報もごちゃごちゃなんだ。例えば本社のパソコンではニューヨーク勤務になっているのに、ニューヨーク支店のデータでは本社勤務になっていて、旭川支社なんか会社のビルそのものが無くなっていたそうだ」

「じゃあおかしくなったのは人間の記憶だけじゃないってこと？」と母が驚愕する。

「そういうことだ。この近辺はそこまで変なことになっていないが、ちょっと都心の方に行くとおかしな光景が見れるぞ。街の一角が急に瓦礫の山になっていたり、オフィスビルが純和風の建物になっていたり……」

やっぱり、並行世界の統合は住民が移動しただけではなく、世界そのものが混ざり合っているようだ。様々な並行世界が区画ごとに切り分けられ、モザイク状に敷き詰められているのかもしれない。

結局、今日一日が終わってしまった。世界が元に戻る様子はない。この状況は一体いつまで続くんだ？　もしずっとこのままだったらと思うと……。不安は尽きない。

「ごちそうさま」

俺が食事を終えた時、ピンポーンと我が家のチャイムが鳴った。

「こんな時間になんの用だ？　宅配でも頼んでた？」と俺がまだ食事中の三人に問いかけたが、首を横に振る。

俺は空になった食器をキッチンのシンクに戻してから、玄関に向かった。その間にも、チャイムが何度も鳴らされ、催促される。

ごくりと喉を鳴らす。ヤバイ輩（やから）かもしれない。今の世の中、何が起こっても不思議じゃない。

チェーンをかけたまま、ドアをゆっくりと開く。

僅かに開いたドアの隙間からでも、外が薄暗くなっていることが分かった。そんな薄闇の中にぼんやりと浮かび上がる人影が見える。

まるで幽霊のような立ち姿に、背筋が凍り付く。

「……ひ、でと」

聞き覚えのある声だった。人影がドアに近づくと、玄関の蛍光灯が正体を明らかにする。

「あ、朝美かよ、脅かすなよ」

急いでチェーンを外し、ドアを全開にして外に出た。

間近で見る朝美は、その変貌ぶりがより明らかだった。今の顔は能面のように無表情。血色も悪く、唇も青ざめていた。雲一つない夜空の下なのに、まるで土砂降りの雨に打たれているかのようだった。

「ねえ、私、……生きてるよね？」

雪のような儚い声色。

「あ、当たり前だろ、何言ってんだよお前」

「でも、でもね、変なの。お母さんも、お父さんも、……私は、死んでるって……。交通事故にあって、助からなくて、お葬式もお通夜も済ませた後で、……それで、それで……」

それから先は言葉にしなかった。できなかったのかもしれない。

その時、少し離れたところから朝美の名を必死に呼ぶ声が聞こえた。朝美の両親が、迷子を探し求めるような大声を出している。

その声に朝美はガタガタと肩を震わせる。

「ひ、秀渡、こっちに」

「お、おい！」

俺は朝美に腕を引っ張られ、そのまま外に出た。そして、朝美の両親の悲痛な呼びかけから逃げるように走り、近所の児童公園にたどり着く。この時間帯は人通りはないし、背の高い植え込みが周りを覆っているから外から見つからないはずだ。

朝美は少しだけ安堵した顔で、公園のブランコに腰かけた。

「……無理矢理連れ出しちゃってごめん。私、今は親に会いたくないの。でもあのまま秀渡の家にいたら、うちの親が絶対に探しに来ちゃうから……」

母親同士仲が良いので、もし朝美を家に上げていたらすぐに居場所が伝わっていただろう。

「俺は別に構わない。それより何があったのか教えてくれよ」

「……パパもママもずっと様子がおかしいままで、何も教えてくれないから、自分で家の中をちょっと探し回ったの……、そしたら、二人の寝室に、これが……」

朝美が差し出したのは、縦長に引き延ばしたスマホのような黒い板状の物体。見覚えがある気がする。確か、祖父の家にもあったような。

「もしかして位牌か？　でも、誰の」

聞くまでもなかった。位牌の表面にちゃんと書かれている。

『友永朝美之霊位』。その文字の下には没年月日まで刻まれていた。この日付を信じるならば朝美は昨年に死亡したことになる。

「あはは。自分の名前の位牌って、なんかお芝居の小道具みたいで笑っちゃうよね」

乾いた笑いを漏らす。

「これを持って両親を問い詰めたらやっと観念してね、私は死んでいることを教えてくれたの。……どういうことなんだろうね。二人とも嘘や冗談を言ってる顔じゃなかったし、私にはちゃんと今までの記憶もあるのに。……だけど、マネージャーさんからは私はスパストのメンバーじゃないって言われるし、もう何がなんだか分からないよ。ここにいる私は誰なの？　何者なの？」

ようやくわかった。朝美の両親が居た世界では、朝美は死んでいる。両親にとっては死んでいた娘が急に蘇ったことになる。とても驚いただろうし、そして喜んだに決まっている。逃げ出した朝美を必死に探し回っているのも当然だ。

このまま朝美を放っておいたら、周囲と自分の認識の齟齬によって、本当に自我が崩壊してしまうかもしれない。

俺が知っている内容を打ち明けるべきだろうか。

脳裏を過った選択。だがすぐにそれを否定する声が後に続く。

でも、その選択が間違いだったとしたら？　二度とやり直せない、間違いを正せないんだぞ？　朝美が信じなくて、俺を異常者扱いしたら？　あるいは、素直に信じたとしてもそれを前向きに捉えられるか？　今よりも絶望するかもしれないんだぞ。

膝が震える。手に汗がにじむ。

取り返しのつかない選択をすることが、決断を下すことが、こんなにも恐ろしいことだとは。

……やっぱりやめておこう。

何も言わなければ、傷つけることも、傷つけられることもない。

選ばないことを選ぶんだ。

そう自分に言い聞かせようとした時、俯(うつむ)いた朝美(あさみ)の顔から滴り落ちる涙を見てしまった。

落下する一滴の涙は月明りを吸い取っておぼろげに輝き、すぐに地面に溶けた。

あの、友永(ともなが)朝美が泣いている。

その姿は、俺に嫌なことを思い出させる。

ライブで失敗した世界の朝美。アイドルとしての輝きを失い、全てを投げ捨てようとした時の姿と重なって見える。

あの時は、別の世界の扉を開くことで、『あの』朝美をあれ以上見なくて済んだ。だけど今は移動する世界などない。放っておいたら、朝美はずっとこのままだ。

ダメだ、それだけは許せない。

俺は静かに深夜の空気を吸い込んでから、清水(きよみず)の舞台から飛び降りる気持ちで言った。

「朝美、少しだけ俺の話を聞いてくれ」

俺は話した。

並行世界の存在、そして今の状況はそれらがごちゃ混ぜに統合されているかもしれない、という俺の仮説。

朝美は口を挟まずに、最後まで聞き入った。

「……………並行世界ね。うん。ＳＦ映画で見たことあるかも」

「ああ。だからここにいるお前はちゃんと生きているし、スパストのセンターってことも本当のことだ。ただ、周りの人たちが違う世界からやってきたってだけだ。……って、信じられないよな、こんな話」

「ううん、信じるよ。秀渡が、そんな作り話をするとは思えないもん」

あまりにあっさりと頷いたので、さっきまで悩んでいた俺がバカみたいだ。

聞き終えた時の朝美の表情は、肩の荷が下りて安堵したようでもあり、新しい悩みを背負い込んで苦しんでいるようでもある。

「そっか、並行世界だったのか。なんか、少し悔しいな」

「……悔しい？」そんな感想が出てくるとは思わなかった。

「だってさ、今日一日、私をアイドルだって認識してくれたのは秀渡と樹里ちゃんだけだったでしょ。これって、ほとんどの世界で『私』はスパストに入れなかったってことじゃん。そうなると、ここにいる私がセンターになれたのは、ただの偶然だったのかなぁって思っちゃうよ」

朝美(あさみ)の表情は本当に悔しそうだった。膝の上に置かれた拳が強く握られている。

「私はスパストに入る前にも、入った後でも、たくさん頑張ってきたつもり。普通の女の子が当たり前に経験していることを色々切り捨てながら、努力を重ねてセンターになった。この結果が当然とは言わないけど、でも、私の努力の成果だと思ってる」

それはその通りだ。

俺は知っている。朝美が小さい頃からアイドルに憧れて、周囲からその夢を馬鹿にされてもめげずに頑張ってきたことを。

「……それなのに、私がアイドルじゃない世界の方が多く存在するんだとしたら、夢を叶(かな)えられずに後悔して泣いている『私』の方が多いんだとしたら。……今日見た、あのファーストライブの方が、並行世界の多数派だったとしたら……」

朝美の目が、ぎゅっと固く閉じられた。

そのまぶたの裏で、あのライブ映像が流れているのだろう。自分のいないデビューライブを。

「……ここにいる私が、ラッキーだっただけ。元の世界では『永遠のセンター』なんて言われてたけど、すべての世界でセンター張ってなきゃ、そんな称号は貰(もら)えないよ」

目を開き、涙をこらえるように夜空を見上げて呟いた。

「あー、まだまだだなぁ、私」

こいつは本気で言っている。

並行世界でセンターになれなかったことを、本気で悔しがっている。

こいつが抱えている、センターへの拘りとプライドは重く、強く、底無しだ。

並行世界はあらゆる可能性を網羅する。だから朝美のその野望を実現させることは不可能だ。だけど、仮にそのことを今のこいつが知ったとしても、同じセリフを吐いたはずだ。

そう確信させられるくらい、今の朝美にはアイドルのオーラがあった。どこまでも貪欲で、凄まじい執念の塊だ。もう笑うしかない。

「はは、お前はすげぇよ。今の話を聞かされて、そんなことが言えるなんて」

「ええ、そうかな?」

本人に自覚はないようだ。

だけどよかった。やっぱりこいつは、俺の知っている友永朝美だ。

どんな時でも前向きで、困難があっても自らの力で乗り越えてしまう。俺や周囲の不安なんて一蹴して、自分を輝かせる。まさに、暗い宇宙を照らし出す恒星だ。くるくると回るだけの自らは輝けない惑星たちの中心で、燦々と燃えている。

「も、もお、いつまで笑ってるの、秀渡」

朝美がぷくっと頬を膨らませた。

「くくっ、悪い悪い。いやあ、お前は世界がどんな風になっても変わんねえんだな」

「そう言うってことは、ここにいる秀渡は私の知ってる秀渡ってことでいいんだよね？

えっと、つまり、私の世界にいた秀渡と同一人物なんだよね？」

……この質問にはどう答えるべきだろう。

そうであるとも言えるし、そうではないとも言える。俺は『この』朝美がいる世界の『俺』の記憶を持っている。だからと言って、同一人物になるのだろうか。名前も記憶も同じなら同じ存在になるのか？

「う－ん、哲学的な問いだな」

俺が解答に頭を悩ませていると、唐突に「おやおや、こんなところで奇遇だね」と聞き覚えのある声がした。

「だ、誰？」

朝美がひいっと怯え、俺も三ミリくらい地面から飛び上がった。

LEDの街灯の青白い光を浴びながら、ゆったりと現れたのは意外な人物だった。

「陽菜乃、先輩？」

「あ、学校で会った人」と朝美も思い出す。

暗闇に溶け込んでしまいそうな黒いロングヘアーは間違いない。おまけに、ウチの高校の制服まで着ている。

「年若い男女が夜更けに外出とは感心しないね。特に、世界が混乱しているこんな時に」

陽菜乃先輩がいつものように薄く笑いながら、俺と朝美を交互に見る。

「せ、先輩こそ、こんな時間に外出してるじゃないですかっ」

「あはは、そうだね。ではお相子だな」

そう笑いながら俺たちに近寄って来る。

陽菜乃先輩と会うのは大体日が昇っている時間帯なので、こんな夜遅くに会話をするのは不思議な気分だった。艶(つや)やかな黒髪といい小悪魔な笑みといい、夜中の先輩は人に非(あら)ざる者に見えてしまう。ジャパニーズホラーのような、妖しさと美しさを兼ね備えていた。

……チカヅクナ。

「誤魔化(ごまか)さないでくださいよ。先輩こそこんな時間に出歩くなんて、この現場をお巡(まわ)りさんに見られたら、即補導ですよ。生徒会長の地位がおしまいで、せっかく稼いだ内申点がパアになっちゃいますね」

「はは。安心したまえ。世の中が大混乱しているお蔭(かげ)で公僕たちは大忙し、私たちにかまけている余裕はないだろう」

「まあ、それもそうですね」

夜風を受けてふわりと舞った髪からシャンプーのいい香りがした。

「実を言うと、家に居るのに耐え切れなくてね。エスケープしてきたんだよ」と先輩。

「……ああ、ご両親に忘れられたって言ってましたね。お気の毒に」

「ええ、そ、そうだったんですか……」

先輩の事情を知った朝美が同情の視線を向ける。両親の件があったから、今の自分の状況と重ねているのだろう。

「ふふっ。私にこんなセンチメンタルな一面があるとは思わなかったよ。……元々、私の家庭環境は複雑でね。両親は自分たちの持つ限られた愛情を、自分自身にしか注げないタイプの人間だった。故に、私は親からの愛情を実感したことがない」

夜空を見上げながら、先輩が淡々と呟いている。

こんな先輩の横顔を見るのは初めてだ。込み上げそうな感情を必死に抑えているような。

先輩の家庭の事情だって初耳だった。割とお金持ちの家だと聞いたことはあったが。

「とはいえ、この歳になるまで何不自由ない生活を送らせてもらったのだから、多少は感謝しているよ。まあ、私を育てたのは彼らにとっては投資の一環であって、愛情があってのことではないのだろうが」

「そんなこと、ないじゃないですか。きっとあなたのことが可愛くて」

両親の愛情を一身に受けて育った朝美が反論する。

「そうかな？　我が子の養育にかかった費用をきっちり帳簿につけ、定期的に見せつけるような親が？　しかもその費用に利息を付けた請求書を作って、将来の返済を忘れるなと厳命するような親が？」

「……すいません、それはちょっと予想外でした」

想像以上にシビアな親子関係だった。

「はは、そうだろう？　ただ、そんな親でもまだマシだったたな。今朝の彼らは、私の存在すら覚えていないようだった。どれだけ説明しても、赤の他人としか見られなかった。流石に私も参ってしまったよ。朝のうちに父親は出て行ったし、つい先ほど母親も消息を絶ってしまった。一人っきりの家にいるのが落ち着かず、こうして夜のお散歩というわけさ」

寂しそうな表情をこちらに向ける。

それは、月光よりも儚く見えた。

……ニゲロ。

「その、俺、……何て言ったらいいか」

「気を遣わなくていいさ。君と話しているだけで気が紛れるよ。……恥ずかしいことだが、私は心のどこかで、無償の愛をずっと欲していたようだ。損得勘定だけで繋がった家族関係に疲れていたんだろう。……だから、君をおもちゃのようにして遊んでいた。自分の寂しさを紛らわせるために。全部、私の弱さのせいだ。すまない」

そんなことを先輩から謝られる日が来るとは思ってもみなかった。

「や、やめてください。俺、先輩と話すの好きでしたし。からかわれるのだって、別に嫌な気分になっていたわけではないですよ。むしろ、もっと弄ってても全然」

「くくっ、そう言ってもらえると嬉しいよ」

って、俺は何を言っているんだ、ドM宣言か。

先輩が喉の奥を鳴らして笑う。

……ハヤク、ニゲロ！

「うん、どうしたんだい？　そんなにキョロキョロして？」と先輩が俺の顔を覗き込む。

「あ、いや、さっきから、変な声が聞こえるような」

「おかしなことを言うね。ここには私たちだけだよ」

「ですよ、ね？」

なんだか、さっきから動悸が激しい。心臓が痛いくらいに跳ねている。こんな夜更けに先輩と話しているから緊張しているのか？　いや、そりゃ、この暗がりでこんな美人とお喋りなんてドキドキするのは当然だ。

うん、そうだ。

そうなんだが、どうしてこんなに違和感を覚えるんだ。

「何はともあれ、君とこうして色々と話せてよかった。モヤモヤがすっと晴れたよ」

先輩がにこやかに笑った。

「そ、そうですか？　お役に立てて光栄です」

「ああ、だから、もう逃がさないよ」

その時、目の前で火花が弾けた。

バチンッ。

永遠に続く轟音を、一瞬に閉じ込めたかのような鳴動が耳を劈く。それは聴覚だけではなく、全身を貫いて意識すらも揺るがした。

首筋に焼けるような熱を覚える。

「秀渡！」

朝美の叫び声が鼓膜を叩く。

それが、俺が意識を手放す直前に感じた、最後の感覚だった。

5

ったく、だから逃げろつったんだ。

……誰だお前。

これからどうするんだ。

……だから、誰だよ。

もう俺は知らねぇぞ。お前が自分で何とかしろよ。てか、してもらわねえと、俺だって困るんだ！

……さっきから意味わかんないこと言ってんじゃねぇよ。

すぐ近くで、もしくはすごく遠くから誰かが俺に話しかけてくる。その口調が何となく気に入らず苛立った時、ようやく俺は意識を取り戻していることに気付いた。

目を開く。だが真っ暗な空間が広がるばかり。たぶん、どこか部屋の中だろうとは見当がつく。月明りも、風も感じないから。どうやら今の俺は椅子に座っているようだ。

「……痛てて」

首筋にヒリヒリとした痛みを覚えた。咄嗟に触ろうとしたが、右腕が動かない。それだけではない、左腕も、両脚も力を入れても動かない。

「おや。気付いたのかい？」

暗闇で声がした。

さっきまで頭の中で響いていた声とは違う。あの声は男の声だった。でもこれは女性の声。というか陽菜乃先輩の声だ。

「せ、先輩ですか？　だ、大丈夫ですか？　俺たち、一体どうなって……」

背筋を悪寒が走る。

「もしかして、俺たち誘拐されたんですか？　そうだ、朝美は無事ですか？　さっきの男の声が誘拐犯ですか？」

辺りは真っ暗で陽菜乃先輩がどこにいるのか不明なので、取りあえず声がした方に向かって呼びかけた。朝美の姿も探したが当然見つからない。

心臓が痛いほど早鐘を打っている。

これは、マジでヤバイ。

並行世界に逃げることができないのに。先輩どころか、自分自身を助ける術すら今の俺にはない。

ジタバタと暴れてみる。

だが両腕と両足が椅子に縛り付けられているようで、全く動かない。

「うん、男？　何のことかよく分からないな？　ここには私と君の二人だけだよ。朝美という少女は見当たらないな」

「そ、そうでしたか？　じゃあ、さっきの男の声は俺の幻聴だったんでしょうか……」

「恐らくそうだろうね。君はさっきまでずっと気絶していたからな。なにか、夢でも見ていたんだろう」

「せ、先輩は無事ですか？　その、なにか、されませんでしたか？」

「ああ、私は元気だよ」

その声から嘘は感じ取れない。それどころか、ウキウキしているようだ。そう、学校で俺をからかっている時のような。

「そ、それなら良かったんですが……」

「ああ。ほら、こんなにも元気だよ」

声と共に、目の前の暗闇の中から陽菜乃先輩がにゅっと現れて、俺に近づいてくる。身体に傷ついた様子もなく、それどころか拘束すらされていないようだ。

「……あの、どうして、……捕まっていないんですか？」

「それは当然、私が捕まえた側だからさ。君はまだ、夢の中にいるようだね」

その瞬間、俺の背筋を言いようのない恐怖が這いずった。

「冗談、キツイですよ、先輩」

「あはは、君は本当に面白いな。これが冗談に見えるのかい？」

先輩がそう言うと、突然、天井から蛍光灯の光が降り注いだ。暗闇が引いていき、おぼろげだった目の前の光景が明らかになる。

陽菜乃先輩の手に、黒くて四角い物体が握られているのが分かった。

それは、スタンガンと呼ばれる機械であると気付いてしまった。なぜ、すぐに気付けたのか、自分でも不思議だった。確かに映画ではよく登場する小道具だが、本物を見たことはない。……ない、はずなのに。

全ての理解が追い付くと同時に、首筋のヒリヒリする痛みがぶり返して熱を帯びた。危険信号を発するように。

「先輩、……嘘、ですよね？」

「君の察しの悪いところが、全く愛おしいよ。ああ、君は本当にいいおもちゃだ。私のところに帰って来てくれてありがとう」

先輩の冷たい手が頬に当てられる。私の目を逃れ、体温を奪われていくようだった。

「だけど、感心しないねぇ。私の目を逃れ、あんなにたくさんの女性といつの間に親しくなったんだい？　君は、私だけのモノでなくてはならないのに。特にあの朝美という少女とはずいぶん仲が良いようだね、夜遅くに密会とは、少々妬いてしまうよ」

「あ、朝美に、何をしたんですかっ」

「お邪魔だったので君と同じように眠っていてもらったよ。私の細腕では気絶した二人の人間をここまで運び込むのは不可能なので、彼女は公園に放置したがね。今の季節なら、公園で一晩眠ったとしても風邪を引くことはないだろう」

その微笑みは、驚くほど冷たく、淀んでいる。新月の夜に覗き込んだ湖面のように底知れず、光が見えない。

「あ、あなたは、……誰、ですか？」

俺は、この人を知らない。

「南陽菜乃だよ。君がよく知っている女だ。……ああ、そうか、君は忘れてしまったんだね。今、世界中が陥っている混乱に巻き込まれて……。可愛そうに」

違う。

この人は南陽菜乃と同じ姿をした、全くの別人だ。俺の知っている先輩じゃない。

部屋の内部を見回す。十畳ほどの空間に簡素なデザインのベッドとパソコンデスクが置かれている。俺が元々持っている先輩のイメージにほど近い、女の子らしさの薄いシンプルな部屋だ。

だが、部屋の壁紙だけは違和感があった。雪のような白を基調としつつ、赤黒いまだら模様が描かれた壁面。この壁は、スタイリッシュなこの空間と比べて明らかに浮いている。

……あ。あああああ。そうか。

あの、赤い斑点は、壁紙の模様じゃない。

飛び散った血痕だ。黒く変色しているから、たぶん付着して数日は経過している血。

誰の？　先輩のじゃない。もちろん、俺のでも……。

いや本当に？　俺の血じゃないのか？

『……酷いじゃないか、秀渡君。今日は、生徒会室で私と過ごすはずだったろう？』

俺の知らない記憶がフラッシュバックした。

この感覚を知っている。並行世界の『俺』と同期する感じ。

これは俺が訪れたことのない世界の記憶だ。

「……あ。ぐ、うう」

この記憶を覗(のぞ)いたらヤバイ！

直感で理解したが、記憶の流入は止められない。濁流のように脳に注ぎ込まれる。

『なあ、どうして最近、私に冷たいんだ？　……うん、もう付きまとうな？　はは、失礼なことを言うなあ、秀渡(ひでと)君は。ふっ、そんな顔をして、本当は……え』

記憶の中で先輩は、絶望を目の当(ま)たりにしたように顔を引きつらせていた。

その世界の『俺』は、先輩と単なる友人関係のつもりだった。決して、それ以上の関係ではなかった。だけど、先輩はそんな『俺』の気持ちを考えることはなくて……。

「が、あ、ああああ」

いやだ。思い出したくない、思い出すな！

『やあ、秀渡君。今日は大騒ぎだったね。どうやら校舎の屋上は閉鎖されてしまうようだ。……はは、人聞きの悪いことを言わないでくれ。確かに彼女を屋上に呼び出したのは私だが、生徒会長として素行の悪さを注意しただけだ。君も彼女にちょっかいを掛けられて迷惑していただろう？』

先輩はこんな風には笑わない。

生徒が校舎から転落死した日に、こんな風に笑うはずがない。

この記憶の中の先輩は、俺が知る先輩とは何もかも違う。だけど、間違いなく『俺』が知っている先輩だった。

ああ、そうか。今分かった。

さっきまで俺を警告していた謎の男の声。あれは、『俺』の声だったんだ！　先輩が壊れた世界にいた『俺』だ。

だけど、そのことに気づいても、手遅れだった。

『……ああ、気が付いたかい？　ここは私の部屋だ。君が悪いんだぞ。生徒会の仕事をすっぽかして、彼女の葬儀に出ようとしたんだから……。まあ、許してあげよう。もう二度と、外に出ることはできないだろうからね』

微笑(ほほえ)んだ記憶の中の先輩の手にはスタンガンと、そして……大きなノコギリ。そのギザギザとした刃は赤黒く染まっていて、衣類の繊維らしき糸が絡みついている。それが、俺の制服のズボンと色合いや質感が似ていることに気付いた時、ふと、右足に違和感を覚える。いや、逆だ。むしろ何も感じないからこそ、不自然に思って視線を下ろして……。

「ぐ、あ、は、あ、あああわあああっ」

経験したはずのない痛みが蘇(よみがえ)った。恐怖を帯びた痛み。神経が、焼き切れるほどに発火する。

違う、ある！

痛覚を誤報する神経に、なんとか理性で訴えかける。

大丈夫だ、足はある。ついてる。大丈夫だから。あれは、『俺』であって、この俺じゃないんだ！

自己暗示をするように、何度も何度も自分に言い聞かせる。

……ああ、でも、あの光景は、実在した。俺が、行ったことのない並行世界で。その世界の『俺』は、あれを、実際、その身に受けて……。

「うわ、すごい汗だ、大丈夫かい？」

まるで豪雨の中にいるように、俺の全身からおびただしい汗が流れる。

先輩から差し伸べられたハンカチで顔が拭われる。

血生臭かった。魚を捌いた直後のまな板のような臭い。たぶん、『俺』の血の臭いだ。

先程の映像が脳裏に蘇って来そうで、これ以上嗅ぎたくなかった。

自由の利かない身体で精一杯顔を背ける。

「はは、そう照れるな。私がこうやって甲斐甲斐しく世話をしているんだから、素直に受け取りたまえ。これが、私からの無償の愛だ。嬉しいだろう？」

俺の顔を拭いている先輩は口元を綻ばせ、俺の世話を心から楽しんでいるようだった。

中身が別人とは言え、外見はやはり南陽菜乃だ。その笑みは、俺が好きな方の先輩とどうしても重なって見えてしまう。一瞬とはいえ、勘違いしそうになる。だから、恐ろしい。

「安心しろ。これから私が面倒を見てやる。恥ずかしいかい？　気にしなくていい。私は君を愛しているから、どんな姿だろうと喜んで受け入れるさ。君の遺体が腐って腹部にガスが溜(た)まって破裂して、ウジが湧いてハエがたかって肉が腐り落ちて骨が露出しても、私は笑顔で君に口付けをしてあげるよ。さあ、私からの愛をたっぷりと受け取ってくれ」

『この』先輩はなぜこんなにも壊れてしまったのだろう。

先輩の十本の指が蜘蛛(くも)のように俺の首を這(は)い、ぎゅっと締め付けて来た。

「あ、ぐ」

呼吸が止まる、首から脳へ向かう血流が通行止めになる。酸素が行き渡らない。脳細胞が本当の危険を感知し、アラートを鳴らしている。

「さあ、君を、永遠に、私のものにしてしまおう」

激情に染まったその顔と比べると、恐ろしいくらい静かな声だった。

一方、先輩の指は何の遠慮もなく、俺の喉の奥に沈み込んでいく。皮膚を、筋肉を、血管を圧迫していく。

皮膚越しに、首の骨を触られている感覚。

やばい、意識がかすんで来た。視界に霞(かすみ)が掛かって、目と鼻の先にあるはずの先輩の顔がよく見えない。

「ずるいな、君は。……。あれだけの異性から愛情を受け取った君は……」

ああ、ダメだ。これは本気でダメだ。

意識が朦朧とする中、また、記憶が流れ込んでくる。

でもそれは『この』先輩との思い出じゃなかった。

俺が知っている、『あの』先輩と過ごした日々だ。

『ややあ、そこの寂しそうな背中をした少年。君の惨めで哀れで真っ暗な青春を、生徒会に捧げてみないかい？　今なら、この美少女生徒会長の南陽菜乃の下でこき使ってもらえるという大キャンペーン中だぞ』

ああ、考えてみたら、『あの』先輩も強引なのはこっちと変わりなかったな。強制的に生徒会に引っ張り込んで、あれやこれやと業務を押し付けて、自分は生き生きとしていやがった。

でも、俺の残業が終わるまでずっと付き添ってくれて、コーヒーなんかも淹れてくれたっけ。夕日が差し込む生徒会室で二人っきりになって、窓際に佇む先輩の横顔は卒倒しそうになるくらい綺麗だった。

思い出が、気力に変わる。

残された力を振り絞って、俺は『この』先輩を睨み返す。その瞳の奥に、俺の知る先輩がいると信じて。

「あっ、な、くっ、なんでっ！」

その瞬間、先輩がなにやら困惑した様子で俺から距離を置く。喉が解放され、気道と血管が再び開通する。ヘモグロビンが大急ぎで酸素を脳に運ぶせいで、軽く頭痛がした。

ああ、生きている。視界に掛かっていたモヤモヤが晴れる。酸素が、こんなにもうまく感じるなんて！

「あ、あああ、なんだこれはっ。どうして、動かないんだ！」

先輩が右手を俺に向かって突き出している。もう一度首を締めようと、指が虚空を何度も掴(つか)んでいる。だが決して俺の元には届かない。先輩自身の左手が右手首を掴んで、その動きを封じているからだ。

左手が先輩の意思に反して、先輩の凶行を押(お)し留(とど)めている。

すぐにピンときた。

「先輩、先輩ですね！　聞こえますか？　俺です、湯上秀渡(ゆがみひでと)です。思い出してください！」

俺に並行世界の『俺』の記憶が流れ込んできたように、『この』先輩に『あの』先輩の記憶が割り込んでいるに違いない。俺の呼びかけに応えてくれた。

二つあるいはそれ以上の先輩の人格が衝突し合い、身体(からだ)の主導権を争っている。

その時、先輩の姿が奇妙に見えた。身体の輪郭が滲(にじ)んでいる。まるで複数の先輩の姿が重なり合っているかのようだ。

「あ、あああ！　君は、誰だ？　私の中に、入ってくるなああ！」

先輩が自分に向かって絶叫する。

「……っ、出ていけ！　私は、私は！」

これは、どの先輩の言葉なのだろう。

先輩が部屋の中で暴れ回る。机の上にあった教科書や筆記用具、様々な小物が床に撒き散らされ、何の用途に使われたのか考えたくもないトンカチやノコギリなどの工具も散乱する。俺も括りつけられている椅子ごと床に引き倒された。

先輩の肩が壁を打ち、背中がドアを叩く。先輩の身体の中で激しい戦いが繰り広げられていることを物語っていた。

「…………ダメ、だ。……秀渡君に、手は出させないよ」

先輩の顔面を覆う長髪の隙間から、片目が覗いた。その眼の奥には、俺の知っている光が灯っていた。

先輩の身体がどんどん俺から離れていき、やがて倒れ込むように部屋の扉を開け、廊下に飛び出す。

『あの』先輩が、俺を守るために自分の身体を遠ざけてくれている。

家のドアの鍵が開く音がすると、うめき声が聞こえなくなった。先輩は家の外に出て行ったようだ。

今のうちに、俺も逃げ出さないと。

幸い、先輩が大暴れしたお陰で、床には使えそうな工具が山ほど転がっている。なんとかノコギリを手元に引き寄せて、右腕を拘束する革のベルトをゴリゴリとやって外す。手間取りつつも拘束具を全部外す。身軽になった俺は先輩が消えた先へと駆け出した。

廊下を走り抜け玄関を飛び出すと、月光が俺を出迎える。

そして、玄関から数メートル離れた縁石に先輩が横臥（おうが）していた。

「先輩！　大丈夫ですか」

慌てて近付こうとして、すぐに立ち止まる。

倒れた先輩の隣に、見慣れた人物が屈（かが）んでいたせいだ。先輩の首に手を当てて脈を測っている。

「……大丈夫だよ。脳のキャパシティを超える記憶の流入があったせいで、気絶しているだけ。だけど目を覚ました時にどっちの南陽菜乃（みなみひなの）が主人格になっているか私にも分からないから、今のうちに逃げることをお勧めするかな」

聞き慣れた声。

そいつは、先輩の隣からゆっくりと立ち上がった。夜風を受けてなびくセミロングの髪を右手で押さえながら、月光よりも淡く微笑（ほほえ）む。

それは、友永朝美（ともながあさみ）の見慣れた笑みのようで、しかし、初めましての笑顔だった。

「こんばんは、湯上（ゆがみ）秀渡君」

「……お前、朝美（あさみ）……じゃ、ない？」

顔、スタイル、声。どれを取っても、俺の記憶に刻まれた幼なじみだった。公園で気絶させられる直前まで一緒にいたはずの朝美。

だけど、その表情だけが異なる。あいつのこんな笑み、見たことがない。

俺と仲がいい世界のあいつの天真爛漫（てんしんらんまん）な笑顔、万人に見られることを意識して作ったアイドルとしての笑顔、色々なあいつを知っている俺でも、初めて見る笑顔だ。

俺への一定の距離を保ちながらも、警戒心を持たれないように作られた笑み。自分が友好的であることを標榜（ひょうぼう）する、使者の笑顔。こんなにも打算的な朝美の顔を、俺は知らない。

たとえるなら、これまで喜劇にしか出演していなかった役者が心機一転して、シリアスな作品に挑戦した時の演技を見ている感覚。同じ顔なのに、浮かべる表情は全く違うという違和感。

あいつに限りなく近いが絶対に違う、どれだけ近付いても決して交わらない漸近線（ぜんきんせん）のような。

「……お前、誰だ？」

「あれ、やっぱり気付くものなんだ。人間の直感も案外バカにできないものだね」

朝美に似た少女は目を丸くする。

先輩のこともあるので、俺はすぐにでも逃げ出せるように身を屈（かが）める。

「もちろん、秀渡君がよくご存じの友永朝美だよ。……ただし、別の世界のね。君が訪れたことがない世界の、友永朝美ちゃんです」

そう言って横にしたブイサインを右目に当てた。その仕草はアイドルの時のそれだが、明らかに何かが違う。

「……だから、何者なんだよ、お前」

「うん、ちゃんと説明してあげるから。落ち着ける場所に移動しようよ。もうこんな時間だしね」

6

気絶した陽菜乃先輩を部屋に戻してから、俺たちはその場を後にした。

夜道を歩きながら、俺は少し前を歩く朝美の背中に話しかける。

「……お前が本当に朝美なら、俺が公園で気絶させられたのを知ってるよな？」

「もちろん知ってるよ、といってもその時の『私』は私じゃないけどね」

今はおとなしいが、いつ『あの』先輩のように変貌するか分からない。俺は警戒を怠らず、いつでも逃げられるように身構えていた。

「どうしていきなり現れたんだ？　先輩にスタンガンで気絶させられたからか？」

「うん、正解。南陽菜乃に『私』の意識が気絶させられて、肉体のコックピットが空になったから、私の記憶と人格が溢れ出て、操作できたってわけ。今の世界、この『統合世界』はあやふやな状態だからね、なにかきっかけがあれば主人格が入れ替わることが可能なの」

くるっとこちらを振り返った朝美。

「……」

違和感が拭えない。姿かたちは間違いなく友永朝美なのに、初対面の人物と会話をしているようだ。いや、事実、この朝美とは初対面なのだろうが。

先輩に襲われた公園まで戻ってくる。

「じゃあ、聞かせてもらおうか。お前は何者なんだ？」

ブランコに座ってキコキコやり始めた朝美の正面に立って聞く。

「うん、私は、君にとって並行世界の友永朝美だよ。世界中の人間と同じように並行世界の統合現象に巻き込まれて、こうして存在している」

「そんなことは分かってる。だとしてもお前は変だ。なんで並行世界のことを知っているる？　今の世界が統合されたってことも理解してるし、俺の能力のことも知っている口振りだったな」

「そうだね。それについては、まず私が元いた世界のことを話す必要があるかな。……では、ここで質問です。相対性理論を提唱した物理学者は一体誰でしょう？」

「は？」

突然、クイズ番組みたいなノリで言い出した。

「あれ、秀渡君知らないの？」

「……俺をバカにしてるだろ。アインシュタインだよ。舌出してる白髪のお爺ちゃんだ」

それくらい俺でも知っている。相対性理論の中身についてはともかくとして。

「ぶっぶー残念でしたー」

「は？」

この短時間に「は？」を二回も発してしまった。

「実は、相対性理論を提唱したのは、『アイザック・ニュートン』でしたー」

「いやいや、ニュートンはリンゴが落ちたのを見て万有引力を発見した人だろ」

「そういうことになってるよね、秀渡君の世界では」

「お前の世界じゃ違うのか？」

「うん、私のいた世界では、ニュートンが相対性理論を提唱して、アインシュタインが超弦理論を完成させたことになっている。まあ早い話、秀渡君たちの世界よりも物理学が百年レベルで進んでるってこと。だから並行世界に関する理論が数十年前に完成していて、観測技術も確立されているの。選ばれた人間がエージェントとして並行世界を渡って、各世界の情報収集も行っていたくらい。もちろん、私もそのエージェントの一人」

「観測技術？」

朝美は微笑むと、人差し指で自分のこめかみに触れる。

「ふふ、そう、『この』私には秀渡君と同じ、並行世界を移動する能力があるの」

「だったらお前たちも『扉の世界』に行けるってことか？　けど、あそこで俺以外の人間を見たことないぞ」

そう言うと、朝美が生徒の質問に答える教師のように微笑んだ。

「なるほど。秀渡君の場合は『扉』なんだね。並行世界を移動するための空間は、個人のイメージに紐づいているからそれぞれ情景が違っていて、秀渡君以外の人間は入れないの。ちなみに私は『窓』がいっぱいある空間で、人によっては『本』が棚に詰まった図書館みたいな場所だったり、『トンネル』だったりするよ」

なるほど、並行世界移動能力者たちは、それぞれの『扉の世界』を持っているのか。だから俺以外の人間を見たことがないんだ。納得した。

「俺はどうしてこんな能力を手に入れたんだ？　やっぱり事故で頭を打ったせいなのか？」

「そうだね。秀渡君は脳のある部位を損傷したから、並行世界を観測できるようになったの。私たちの世界ではＫＲ－３手術という脳改造手術によって人為的に引き起こしているんだけどね。ただ、それでも全ての人間が能力を得られるわけじゃない。脳の機能っていうのは複雑系だから、手術してもうまくいかないケースの方が圧倒的に多いの。それなのに秀渡君は偶発的な事故によって得ている。これは極めて稀なケースだよ。あらゆる並行世界を含めてもね」

「……だろうな。事故から数か月ほど経っているけど、並行世界を知っている人間に出会ったのはお前が初めてだ」

「私だって、まさか跳躍者……、あ、これは私たちの用語で並行世界を行き来できる人たちのことだけど、それが偶発的に生まれるなんてびっくりだよ」

朝美が興奮気味に話しているところを見ると、事実なのだろう。

「よし、お前の正体については理解した。……だが、今、世界中で陥っている現象は何なんだ？　この統合世界の原因は？」

「落ち着いて。一個ずつ説明してあげるから。まず、私のいた世界について、……便宜上、先進世界って呼ぶことにするよ。他の並行世界よりも科学が発達してるからね。……で、さっきも言った通り、先進世界では跳躍者を人為的に作り出して、あちこちの世界を調査していたの。私も、色んな世界の『私』と同期して、そこで情報収集をしていた。実は、秀渡君とも何度か会っているんだよ。あ、その世界に住む秀渡君じゃなくて、今、『ここ』にいる秀渡君にね」

朝美の指が俺の胸をつつく。心を叩くように。

ややこしいが、つまり並行世界への移動能力を持つ『この』俺と、先進世界の朝美が同じタイミングで同じ並行世界で出会っていたということだ。

「お前は前から知ってたのか？　俺が、並行世界を渡り歩いていることを」

「確証はなかったけどね。ただ、時々、秀渡君が恐ろしく鋭くなったと思ったら、急に直前までのことを忘れることがあったの。それは同期された並行世界の人間に見られる、典型的な症状だった。だけど、さっきも言った通り、跳躍者が偶発的に生まれるなんてなかなかないことだからね。一応、上司に報告したけど確信はなかったよ」

俺が去った後の『俺』がどうなったのか、俺は知ることができない。

俺は、いわば並行世界を渡り歩く幽霊みたいなもので、世界Aの『俺』に取り憑いたら次は世界Bの『俺』に乗り移るということを繰り返している。俺が去った後の世界Aの『俺』には、俺が憑いていた間の記憶はうすぼんやりとしか残っていない。『俺』が俺との記憶を同期しているのは、俺が取り憑いている間だけだ。

「さて、話を戻していいかな。とにかく、私たちの世界では跳躍者による並行世界の調査と研究を行っていて、つい最近、最終的な結論に達したの。……まあ、簡単に言っちゃうと、『並行世界っていらなくね？』って結論が出ちゃったわけですよ、たはは」

「ちょっと待て！」

思わず叫んでいた。

びくんと朝美が肩を震わせ、目を丸くした。「え？」

「どうしていらないって判断になるんだよ。別に積極的に交流しろとは言わんが、かといって積極的に排除する理由だってないだろ」

脳裏に、これまで訪れた様々な世界の情景が流れる。

アイドルの朝美、生徒会室にいる先輩、義妹の樹里、その他、俺が並行世界で出会った様々な人たちが思い返される。それらを全部なかったことにするなんて。

「……」

「何黙ってんだ？」

「あーごめん、まさかそんなこと言うとは思わなくて……。なんか調子狂うなー」と困ったように頭を掻く朝美。「まあ、理由はいろいろあるけど。要は、人類の愚かな可能性が存在することが許せなかったみたい」

「例えば？」

「……それは、まあ、秀渡君自身も分かってるでしょ？」

冗談のような膨れっ面をしていた朝美が、急に真剣な顔になって俺を見つめ返してきた。

その純粋な眼差しに切り返されると、俺も口ごもってしまう。

そう、俺だって知っている。

『扉の世界』から覗いた様々な世界の光景。

無限のように存在する負の可能性を、俺も目の当たりにしてきた。

俺はそうした世界にはほとんど足を踏み入れなかった。どうせ嫌な記憶を同期することになると分かっていたから近づかなかった。

だけど、彼女は、調査のためにそういう世界にも入り込んだはずだ。その世界に住む別の自分と記憶を共有した。その時、何を感じたのだろうか。

だとすると、俺に彼女をなじる資格なんてないかもしれない。

「ま、結局この統合計画はうまくいかなかったけどね。それは現状を見ればわかるでしょ？　いろいろな並行世界がごちゃ混ぜになっている。これは私たちの世界が望んでいた結果じゃないから」

「じゃあ、失敗したってことか？」

「うん。一本に収縮するはずだった並行世界の可能性があちこちで表出しちゃって、その結果、こんな不完全な統合世界になっちゃった」

「ほかの世界の自分を上書きしようと思ったら、自分が上書きされたってことか」

それは不幸中の幸いだった。

「言っとくけど、こうなったのは秀渡君のせいでもあるんだからね」

「どういうことだ？」

「確かに統合のトリガーは先進世界が引いたわけだけど、こういう結果になったのは、秀渡君っていう想定外の跳躍者（ジョウンター）がいたことが原因だよ。私たちは先進世界に収縮させるつもりだったのに、秀渡君が無意識のうちにほかの並行世界も維持しようとして、お互いに綱引きになったから、結果としてこんなごちゃまぜになっちゃったんだよ」

「待て待て。お前たちは俺のことを知っていたのに、この計画を強行したんだよな？　俺みたいな不確定要素が不安じゃなかったのか？」

「別に無視してもいいって思われたみたい。先進世界以外の世界で跳躍者が生まれるのは珍しいことだけど、絶対にあり得ないとまでは言い切れないし。そもそも跳躍者の数は先進世界が圧倒的に多いからね、数の力で何とかなると思ったんだよ。まさか秀渡君一人にひっくり返されるなんて完全に想定外だよ」

「そもそも、跳躍者が多いから先進世界に統合されるってどういう理屈なんだ？」

「えーと、まず世界っていうのはそこを生きている一人一人の人間の観測力によって成り立っているわけ。民主主義みたいに一人一票の力で支えられてるっていうべきかな？　で、複数の並行世界が統合された場合、どの世界が主導権を握ることになるか、これもある意味選挙で行われる。普通の人間は一人一つの世界にしか生きていないから統合されても投票できるのは一票だけ、だけど跳躍者は……」

「いくつもの並行世界を観測できるから、複数票を持ってるってわけか？」

「そうそう。もちろん、『自分』が存在する並行世界にしか移動できないから、跳躍者であっても持てる票は有限だけどね」

それは俺にも分かる、俺だって『俺』が生まれていない世界には移動できないはずだ。

「なるほど、跳躍者を有する先進世界は他の並行世界に比べて持っている票数が圧倒的に有利、だから自分たちの世界に上書きできるって考えたんだな。……ずりいな、不正選挙だろ」

「……でもうまくいかなかった。その理由は、秀渡君が先進世界の跳躍者よりもはるかに多くの票数、つまり移動できる並行世界を持っていたからとしか考えられないんだよね。そっち方がよっぽどズルだよ。まあ秀渡君はその多数の票を自分の帰属する世界じゃなくて、無意識のうちに色んな世界に振り分けたみたいだから、いくつもの世界の票数が拮抗(きっこう)して、こういうごちゃごちゃな世界になっちゃったんだけど」

おお！　我ながらファインプレーをしたわけだ。何も覚えてないが。

「秀渡君がそういう中途半端な統合世界にしてくれたから、収縮されたはずの先進世界の私がこうして顔を出せるわけで、そこはお礼を言っておくよ。そういうわけなんで、世界を元通りにするにはやっぱり秀渡君じゃないとできないんだよ」

「で、何をすればいい？」

「というか、すでに経験済みなんだけどね。ほら、さっきの南陽菜乃(みなみひなの)の件を思い出して」

「……忘れたくても一生忘れられない思い出になっちまったよ」

しっかりとトラウマとして刻まれている。これから夢にも出てきそうだ。

「あの時の秀渡君は、南陽菜乃の中にいる、秀渡君がよく知る南陽菜乃に対して呼びかけていたでしょ？　そしてそれが功を奏して、南陽菜乃同士が対立した」

「あ、ああ、そうだった。正直、俺自身には何が起こったのかよくわかってないが」

「この統合世界は、あらゆる並行世界が収縮された世界なんだよ。で、さっきの秀渡君は、内包されていた南陽菜乃の可能性を観測しようとしていたの。中途半端に終わっちゃったけど、続けていれば現在の南陽菜乃の中に収縮されていた無数の並行世界の南陽菜乃を解放できたと思うよ」

「その、収縮された、可能性？　っていうのはどういうことだ？」

「うーんと、説明が難しいんだけど。……そもそも、世界は観測によって成り立っているの。量子力学における『不確定性原理』って知ってるかな？　量子の位置や動きは確率でしか表せないって話なの。でもそんなことは、古典的力学的にはあり得ない。つまり私たちが暮らしているマクロな世界では、そんなことは起きないよね。例えば秀渡君が東京にいるのに同じ時間に大阪にもいる、なんてことはない。でも量子力学の世界では、そういうことが起こってる。この量子力学と古典的力学のミッシングリンクを解決するために、量子の確率は観測によって収縮されるっていう考え方があるの。で、この考え方には二通りの解釈があって、それがコペンハーゲン解釈とエヴェレット解釈なんだけど……」

「……その話長くなる？」

「うわ、興味なさそうな顔してる！　せっかく秀渡君の世界に準拠して説明してあげてるのに」と朝美がガッカリと肩を落とす。

「取りあえず要点だけね。コペンハーゲン解釈においては、観測することによって量子の確率が収縮されて一つに定まる。つまり量子の位置がAである可能性とBである可能性があって、観測の結果がAであった場合、Bの可能性はAの中に収縮されたと考えるの」

「ふむふむ」

ちなみによく分かってない。

「もう一つのエヴェレット解釈では観測によって量子の可能性の数だけ世界が分岐するっていう考えで、多世界解釈とも呼ばれるね。つまり観測をすることで、結果がAだった世界とBだった世界それぞれに分岐して確率が収縮する。秀渡君が身をもって知っているように、結果的にエヴェレット解釈が正しかったわけだけど。ま、どちらにしても観測という行為によって量子の位置が確定されるってこと。つまり、世界は観測で成り立っているの」

「はあ。それでそのエヴェレット解釈の中で、俺たちが並行世界を移動できるのは何でなんだ、普通の人間にはできないんだろ？」

「うん、それは脳の量子的効果を応用してるんだよ。人間の意識は脳細胞内のマイクロチューブルの量子的効果によって創発されているの。要するに、人間の脳は生きた量子コンピュータなわけ」

「悪い。日本語で喋ってくれる？」

「ごめんごめん、もうちょっとだけ我慢してよ」

朝美が飼い犬に待てをするように右手を突き出した。

「量子の不思議な性質の一つに、量子もつれと呼ばれる現象があって、これまた説明するのが難しいんだけど、量子もつれ状態にある二つ以上の量子の間には、情報をやり取りするための透明なケーブルが接続されるって考えて。量子Aに情報を書き込むと、情報はこのケーブルを通って量子Bにも伝わるんだよ」

えーと、双子がどれだけ離れていても、テレパシーみたいにお互いのことが何となく分かるようなもんか。違うな、うん。

「並行世界の『自分』と自分は一種の量子もつれ状態にあるの。無数の私たちは無数のケーブルによって繋がれている。もちろん、だからと言って普通の脳みそは機能に制限がかかっているから、並行世界の自分にアクセスはできない。だけど私たちや秀渡君は、脳の能力が拡張されているから、量子もつれ状態にある並行世界の『自分』の意識に働きかけることができる。それが、私たちが並行世界を移動できる理由」

朝美が自身の後頭部をとんとんと突きながら言った。

「んで、今の世界は分岐していた並行世界が一つに統合された、コペンハーゲン解釈の世界なの。確率が一つに収縮している状態。この収縮された確率をそれぞれ取り出して観測できれば、それぞれの並行世界に分裂して、本来のエヴェレット解釈の世界に戻ることになる。こんがらがった釣り糸を解くみたいなもの。分かった？」

「……で、俺は何をしたらいいんだ？」

「あ、これ分かってないやつだ」

「うるせー。理屈はどうでもいいんだよ。どうやったらその、エヴェレット解釈とやらの世界に戻るのか教えてくれ」

「って言われてもね。こんな状況は私にも初めてなんだよ。それに、私たち跳躍者の能力と秀渡君の能力は、同じものじゃなさそうだし」

「え、そうなのか？」

「そうじゃなかったら、こんな統合世界にはならないはずだからね。さっきも言った通り、秀渡君の持つ投票券が多過ぎるもん。不公平だよ」

口先を尖らせ、俺を妬ましそうに睨む。

「まあ、秀渡君の能力に興味は尽きないけど、まずは世界を元に戻そっか。予想だけど、さっき秀渡君が南陽菜乃にやったことを応用すればできるんじゃないかな。南陽菜乃の中に収縮されていた可能性を引き出していたんだから。それと同じことをすればいい。とにかく、よく目を凝らして。私やこの空間が重なり合っているように見えたりしない？　内包された可能性を意識して。違いを探してみて」

一旦呼吸を整えてから、俺は視界の中央に朝美の姿を置いた。

朝美はブランコに腰掛けている。

中身はともかく、見た目は綺麗だった。

見慣れているようで、見慣れていない俺の幼なじみを、じっと見つめ続ける。

『扉の世界』に行く時のように、意識を集中しながら。

すると、朝美の姿がブレた。輪郭が滲んでいる。朝美の姿が何重にも重なり合っているようだった。これが、今の朝美に統合されている、無数の並行世界の朝美なのか？

「うんうん、いい調子。じゃあ次は観測対象をもっと広げてみようよ。この宇宙全体まで」

ずいぶん滅茶苦茶なことを言う。

とにかく、さらにぐーっと集中してみると、俺の肉体から意識が飛び出た。

視界が一気に上昇する。公園が眼下に見える。更に視点が高まって、この町全体が見渡せた。空にぐんぐん上っていって、北海道から沖縄までが視界の中にすっぽりと収まっていた。しかし瞬く間に日本列島すらも小さくなり、地球がバスケットボールぐらいの大きさになった。かと思いきや更に小さくなって、太陽系がビリヤード台を転がるボールのように見えた。

いつの間にか俺は銀河の視点に立っていた。銀河からすれば太陽系なんて塵にも満たない矮小な存在なのだとよく分かる。だが、そんな銀河でさえ宇宙の中の一粒であり、そしてその宇宙は今、俺の目の前に浮かんでいた。

へー宇宙ってこんな形だったんだ。何となく球体とかガスとか、そんな形をイメージしていけど、俺の目には一本のひものように見える。

……ん？　あれ、じゃあ、今の俺はどの視点から宇宙を見下ろしているんだ？

……いや、深く考えるのはよそう。もし理解してしまったら、人間に戻れなくなりそうだ。

とにかく目の前にある、その宇宙ひもをじーっと睨んでみる。

すると、さっきの陽菜乃先輩や朝美のように、その姿がブレて見え始める。バイオリンやギターの弦のように細かく揺れているようだった。左右に振動するひもは、空間に軌跡を残像として描いていた。

この残像が、並行世界なのか？

驚くほどあっさりと出来てしまった。

まるで経験済みのことのように簡単だった。拍子抜けしてしまう。

「そうか」

安心した俺は、集中を解いて観測をやめた。

その瞬間、宇宙全体にまで膨れ上がっていた俺の意識は一瞬にして弾けて、人間サイズに戻った。宇宙ひもの振動は、すぐに弱まって止まったことだろう。

　視点が再び、公園にいる俺の元へ戻ってくる。

　滲んでいた朝美の姿も元通りになっていた。おかげでぽかんと口を開けているのがよく見える。

「はいぃ？　ちょっと、何やってるの。なんでそこで観測をやめちゃうかな？　目が乾いちゃったの？　目薬差してあげようか？」

　先進世界の朝美が困惑している様子はちょっと面白い。

「いや、これでとりあえず元に戻せることは分かったからな。でも、まだ早いかと思って」

「はぁ？　統合世界でハーレム展開をもっと体験してみたいってこと？」

「違うわ！　お前に、頼みたいことがあるんだよ」

　その場の思い付きではなく、実はずっと考えていた。

　俺はまだ首を傾げている朝美の手を掴むと、公園から飛び出した。

　目指す先はたった一つだ。

7

「はあ。なんとなく、そんな気はしていたよ」

真夜中。時間すら眠りについたような静寂の中で、俺と朝美は一軒のお宅の前に立っていた。朝美は俺の行動など読んでいたと言わんばかりに、ため息を吐く。

「なら覚悟はできてるってことだな？　鍵は持ってるだろ、さあ、入ろうぜ」

俺は友永の表札がかかった家の敷地内に足を踏み出す。が、朝美が立ち塞がった。

「私はヤダよ。『あの』両親に会うなんて。……秀渡君の言いたいことも分かるよ。私と死別した両親に最期の言葉を伝えてあげるとか、そんなところでしょ？　うん、確かに美談だよね。亡くなった娘から親への感謝のメッセージ。全米が泣くよ」

ちらりと、朝美は背後の扉に視線をやってから、俺に向き直る。

「……でもね、それは残酷じゃない？　結局、あの人たちは自分の世界を生きるしかないんだよ？　統合世界の出来事はつかの間の夢に過ぎないのに、可哀そうだよ」

「お前の意見はどうだっていい。お前の中の朝美はこのままでいいって思ってるのか？」

「私の中の、私？」

「今のお前にも、並行世界のお前が内包されているんだろ？　その中には、両親と死別した友永朝美だっているはずだ。そいつはなんて言ってるんだよ？　両親と会える最後の機会に、何もするつもりがないのか？」

俺は、朝美の目の奥の光に向かって語り掛ける。

その時、朝美が顔をしかめた。急な頭痛をこらえるように。

「……あなたは、出てこないで」と、自分に言い聞かせている。

並行世界の朝美の記憶がフラッシュバックしたのだろう。俺が『あの』陽菜乃先輩と出会った時、俺の中にいた『俺』の記憶が流れ込んできたように。

「ほら、やっぱり最後の挨拶をしたいんだろ？」

「……それだけじゃないよ。統合世界のままがいいって、駄々こねてる」

「………う、それは」

そりゃそうだ。この世界なら、死に分かれた親子は再会できる。ずっと暮らしていける。それを望まないはずがない。

「ああ、心配しないで。私は、自分を制御できる。他の『私』に身体を乗っ取られることはないから……ちょっとうるさいだけ」

「そうか、それはよかった。迷惑かけて悪い」朝美に頭を下げる。「でも、やっぱり、他のお前の願いを少しだけ聞いてあげないか？」

「……」

朝美の額のしわがますます深くなっていく。それは内側から湧き起こる他の自分からの声に耐えているからなのか、あるいは純粋に今の朝美が悩んでいるからなのか。見た目では判断できなかった。

「今まであちこちの並行世界で、いろいろな自分と同期したなら分かるだろ？　他の自分が抱えている悩みとか不満とかまで同期して、それを何とかしてやりたいって気持ちになったことあるだろ？」

俺は、朝美を説得するダメ押しのつもりで言った。だが、朝美の顔は相変わらずのしかめっ面だった。

「ないよ。私たちエージェントは、同期先の自分に感化されないために、色々な精神訓練を受けているからね。並行世界の自分の境遇にいちいち同情していたら情報収集なんてできないでしょ？」

そう言った時、朝美の手が後ろ髪に触れた。

俺は、彼女の癖をよく知っている。

朝美が意味もなく髪に触れている時は、何かを断ろうとしている時とか、誤魔化(ごまか)そうとしている時だ。かつて、とある並行世界の俺が彼女に告白してフラれた時も、あいつは同じ仕草を見せた。

そして、今も。朝美の細い指先が、ウェーブが掛かった髪の先を何度も梳(す)いている。

きっと、こいつは跳躍者(ジョウンター)として色々な世界に行って、色々な『自分』に出会って悩みを共有したはずだ。そのことについて、何も感じていないわけがない。だが俺がそのことを指摘しても、きっと意固地に否定するだろう。

だから殊勝に頭を下げる。

「それでも、今度ばかりは心の声に従ってもらえないか？」

「…………分かった分かった。寝顔を見るだけにしよう。……それが私のためでもあるし、あの人たちのためでもある。それ以上の邂逅は、お互いを傷つけるだけだから」

折衷案が採決され、俺たちは友永邸に侵入する。

玄関を開けた途端、朝美の両親が床に座り込んでいるのが見えた。まるで子供のように膝を抱え込んで、玄関から帰ってくる娘を待っていた。だがその目は静かに閉ざされており、寝息は驚くほど小さかった。

「……お前が帰ってくるのを待ってて、つい寝ちゃったんだな」

家に入ることをためらう朝美の背中を、俺は軽く押した。

とぼとぼと近寄る朝美を俺はただ見守る。これ以上、出しゃばるつもりはなかった。

朝美は困ったように両親を見下ろしてから、辺りを見回す。そして近くに落ちていたブランケットを拾い上げると、眠る父と母の肩に恐る恐る掛ける。

「……風邪、引かないでね」そっと囁く。

「……あさ、み……」

母親が、すぐ目の前に愛する娘がいるとは知らずに寝言を返す。

「…………うん。ここにいるよ、お母さん」

朝美の手がそっと伸びて、母親の手の上に重なった。そしてもう片方の手で、眠る父親の手を握る。そのまましばらく、親子は触れ合う。

母親の目元から静かに涙が伝い、頰の皺をなぞりながら床に落ちる。

静かな再会だった。

この奇跡の真実を知る人間は、たった二人だけだ。

「今まで、ありがとう」

その言葉は、果たして、どちらの朝美が発したものだったのか。

8

「さて、これで満足しただろう？」

友永家の玄関の外で、俺は向かい合った朝美に言う。

「それ、私のセリフでしょ」朝美がジト目で俺を睨む。「秀渡君こそ、満足できたの？」

「ああ、何もしないよりはよかったと思う」

「そう、それならよかった」

まるで他人事のようにそっけない返事だ。

「お前だって何も感じなかったわけじゃないだろ？　生まれや育ちが違うといっても、お前だって友永朝美（ともながあさみ）なんだから」

「どうかな？　生まれや育ちが違えば、たとえ遺伝子が同じだろうと別人だよ」

「……お前も素直じゃねーな」

　友永朝美の姿かたちをしていても、目の前の人間は俺が知る友永朝美そのものではない。そのことを思い知らされる。

　それでも俺は信じたい。こいつにだって、他の友永朝美と同じような心があると。跳躍（ジョウン）者（ター）は並行世界の自分に影響されないなどと言っていたが、それはきっと嘘（うそ）だ。そうじゃなかったら、『この』朝美がこんな意味もないことに協力なんてしなかったはずだ。

「じゃあ、もう統合世界に思い残すことはないよね？　だったら、さよならしちゃおう」

「もちろんだ。……けど、最後に一つ、お前に聞いておきたいことがある」

「うぇ、まだなんかあるの？」

「今後のことだよ。元の……なんだっけ、エ、エヴァ？」

「エヴェレット解釈の世界ね」

「そう、その世界に戻ったら、先進世界だって元に戻るわけだろ？　そしたらまた統合世界を作ろうとするのか？　今度は、こんなごちゃ混ぜじゃなくて、完璧にお前たちの世界に収縮されるように」

　朝美はしばらく考え込む。

「さあ、これからどうなるのか、私にもわからないよ。ただ、今回の失敗で完全な統合は難しいことが判明したから、しばらく並行世界は安泰だと思うけど……」

とはいえ、また同じことが繰り返される可能性もなくはないわけだ。

「それじゃあ、また統合世界が生まれるってことも……」

「うん、可能性がゼロとは言えないかな。もしかしたら今度は成功して、完全に先進世界に統合されるかもしれないね。そうなったら、誰も気づく人はいないわけだけど」

そうなったら最悪だ。たぶん『この』俺自身も気づかずに、先進世界の俺に収縮されてしまうんだろう。

「頼む。今回みたいなことがもう起こらないように、なんとか先進世界の方針を変えてくれ。あ、もちろん、お前一人に任せっぱなしにするつもりはない。俺もそっちの世界の『俺』と同期して手伝いに行くから」

朝美は苦笑を返した。

「わかったわかった。私の方でもできる限りのことはするよ。だから、秀渡君はこっちに来ないで」

「けどお前任せにするのは……」

「いやいや、秀渡君が先進世界に来ちゃったら、そっちの方が面倒なことになるよ。並行世界が先進世界を脅かすかもしれないって論調が強まって、やられる前にやれって話になるもん。だから秀渡君はおとなしくしてて」

確かに、考えてみれば俺が先進世界の『俺』と同期したら、先進世界側からは侵略と取られかねない。

「ちなみに、そっちの『俺』はお前と同じエージェントなのか？　今回の統合計画についてはどう思ってるんだ？」

今の俺は先進世界の『俺』の可能性も内包しているわけで、もしかしたら記憶を同期できるかもと思ったが、いくら呼びかけてもうんともすんとも返ってこなかった。同じ跳躍者同士だと記憶の同期が難しいのかもしれない。

疑問をぶつけると、朝美が口ごもった。

「……うーん、実はよく知らないんだよね。こっちの秀渡君のこと。同じエージェントなのは確かだけど」

そう言うと後ろ髪を撫でた。

「知らないならしょうがない。ま、今後会う機会があれば仲良くしてやってくれよ」

ここにいる朝美は、俺の知っている朝美とはあまりに異なる世界からやってきた。癖の一つや二つ違いがあっても不思議ではない。だから気になったけど、深くは突っ込まなかった。

先進世界の『俺』の詳細を聞くのが、なんとなく怖かったというのもある。

なので話題を変えることにした。

「そういえばお前の方はどうなんだ？　やっぱこっちの朝美と同じように、アイドルとかやってるのか？」

「まさか」と笑った。「そもそも、先進世界にはアイドルなんて存在しないよ。そういう無駄なものを切り捨てた世界だから」

朝美の顔でアイドルは無駄だって断言されると違和感がすごいな。

「先進世界では人類の発展に貢献することが重要なの。科学の探求、効率的な社会の運営方法の研究、そういう実学が最優先。小説や音楽、ダンスなんかの娯楽は、禁止されてはいないけど秀渡君の世界のように市場が生まれないから、あくまで物好きな人の趣味レベルだね。だから、アイドルも存在してない」

うわぁ、いかにもなディストピアな雰囲気だ。冷たく無機質で、人間を社会を動かす歯車としか考えていない世界。

そんな考えが俺の顔に出ていたのだろう、朝美が乾いた笑みを浮かべる。

「一応擁護しておくと、先進世界の医療技術は格段に進んでいるから健康寿命は百歳もあって、誰もが若々しいまま長生きできるし、自殺率だって秀渡君のいる世界よりもはるかに低いんだよ。幸せの定義は人それぞれってこと」

それはまあ、そうなのだろう。しかし、俺にはアイドルをやっていない朝美の姿がどうしても想像できない。

「お前自身はどう思ってるんだ？　先進世界では下らないとされているアイドルをやってる『自分』と同期してどう感じた？」

「……うーん、変な感じだね。並行世界なんだからそういう『私』が存在するのは当たり前、って頭では理解しているけど、やっぱり違和感は拭えないかな」

「楽しそうとか、自分もやってみたいとかって気持ちはないのか？」

「えぇっ！　何言ってんの、無理無理、あんな恥ずかしい真似、出来るわけないよ！」

頬を染めて、両手を胸の前でブンブン振って否定する。

「出来ないってことはないだろ、一応、友永朝美なんだし。なんならちょっと踊ってみろよ、採点してやるから」

「だから無理だってば！」

そうやって強く否定されればされるほど、『この』朝美にやらせてみたくなるるな。

「いいからやってみろよ。ほら、3、2、1」

カウントダウンに合わせて、パンパンと手拍子を重ねる。ダンスを煽る手拍子の音で、朝美の中にいるアイドルの部分に訴えかけてみた。

「あわわ。ち、ちょっと待ってよ、えっと、確か、こんな感じで……」

アイドルとしての『自分』の記憶を蘇らせながら、朝美はその場で踊り始める。並行世界の『自分』に感化されないとか言っていた割には簡単に乗せられてるな、こいつ。

朝美は桜色の唇を静かに開き、声帯を震わせた。当然ながらそこから飛び出したのは、紛れもなくアイドル友永朝美の歌声。スパストのデビュー曲を歌っている。声紋照合するまでもなく本物。

歌声も振り付けも、本物さながら。

でもやっぱり、どこかたどたどしさがある。本物をなぞっているだけ。朝美とは似ているようで違う何か。

その様子は、俺に懐かしい光景を思い出させる。

まだ朝美が遥か幼かった頃、アイドルを目指す前。

当時流行っていたアイドルの真似をして歌っていた小さい頃の朝美。あの時は遊び半分だったのだろう。俺と二人きりで退屈だったたから、余興のつもりで始めただけ。

今思えば、それがアイドル友永朝美の始まりだった。

先進世界の朝美の歌とダンスは、そんな懐かしい思い出を蘇らせてくれた。

「ど、どうよ」

歌い終えた朝美は、得意げに胸を張った。

「そうだな、五十五点くらいだな」

「うわ低い！　うそでしょ、贔屓するなー、私差別をやめろー」

「贔屓じゃないし差別もしてない。公明正大な採点だ。足運びのキレが悪いし、ターンの回転もちょっと遅い。それにダンスを意識しすぎて、歌が外れている部分があるのも致命的だ」

「うわオタクの語りキモ」

朝美の顔で煽られると余計に腹が立つな。

「アイドルの自分の記憶と比べてみろ。お前にも俺の評価が妥当だと分かるだろ？」

「……むぅ」

しばらく考え込んだ末に呻き声を絞り出したところを見ると、この朝美にも本物との違いは理解できたようだ。

「はぁ、こんな面倒くさいファンがいるなんて『私』も大変だなあ」

朝美は深々とため息を吐いて、パンパンと手を叩く。「はい、じゃあこれで話は終わり。いい加減、世界を元に戻そう。ほら、夜が明けちゃうよ」

俺は再び、朝美を視界の中央に捉える。そして宇宙にまで意識の手を伸ばしていく。

こんな抽象的で観念的な行為を慣れた手つきでしている自分にちょっと驚く。なんだか同じようなことを前にもやったことがあるみたいだ。

宇宙ひもを弾く。

弦のように震え、軌跡を描き始める。

もっとだ。もっと激しく。もっと強く揺らせ、もっと震わせろ。残像を作り出せ。

「じゃ、秀渡君、さよならだね」

無数の朝美の声が重奏して聞こえた。

俺の中から『俺』がはがれていく感覚。同時に、一本だった世界がそれぞれの場所に戻っていき、再び並行に走り始めるのが観測できた。

「んじゃ、餞別代わりのアドバイス。『私』はアイドルとしてカッコつけてるけど、なんだかんだで普通の女の子だから、君がちゃんとフォローしてやってよね」

そうか？　俺なんかの手助けがなくても、一人でどんどん先に行っちゃう奴だと思うけどな。

「それに、せっかく付き合っているなら、ちゃんとデートぐらい連れてってあげたら？今まで一回も行ってないでしょ？　まあお相手がトップアイドルで委縮するのも分かるし、スキャンダルになるのが怖いのも分かるけど、ちょっとくらい強引に誘っても『私』は嫌じゃないし、それを望んでるかもよ？」

ああ、それは分かってる。今度誘ってみるよ。ありがとな。

そう返答しようと思った時には、すでに終わっていた。

瞬きをした瞬間、視界が真っ暗に染まっていた。目を凝らしても何も見えない。星明りが取り除かれた宇宙空間のように暗く、何も存在しない世界。圧倒的な虚無。自分という存在が飲み込まれそうになる真っ暗な世界。これに比べれば光を飲み込むブラックホールですら、生き生きとしているように思える。

これは、世界が元に戻ったってことか？

じゃあ、この暗闇の世界は何だ？

並行世界の狭間？　それは困る。次元の狭間に落ちて、永遠に彷徨うことになってしまうのか？

俺はビビりながら、もう一度瞼を閉じた。

すると、『扉の世界』にたどり着く。

さっきとは対照的な、目が痛くなるくらい真っ白な空間に、ずらりと横に並ぶ色とりどりの『扉』。

……そうだ！　『扉』がある。

延々と左右に続いている。俺の目の前の扉以外にも、無数の『扉』があった。

ああ、懐かしい。

世界は元に戻ったのだ。エヴェレット解釈の世界に。無限の並行世界が横並びに走っている正しき世界に。

再び正面を向く。今しがた俺が出てきた黒い『扉』がぱっくりと口を開いている。その喉奥には光すら貪る暗黒の闇が続いていた。

俺は闇を封印するようにその『扉』を閉じてから、他の『扉』に手をかけた。
そこは、以前と変わらない無限の可能性に満ちていた。

断章　分裂した宇宙

「ほら、ちゃんとご挨拶しなさい」

　母親から背中を押され、俺はつんのめりながら半歩分近づいた。何となく、それ以上進んじゃいけない気がした。見えない断崖が俺の目の前に広がっている気分だった。

「……こんちは」

　俺は自分のつま先あたりを見つめながら言う。

　父親が三十年間金融機関の首輪に繋がれることを条件に建てた、マイホームの玄関前で俺はとある親子と向き合っていた。

「はい。よろしくね。私たちは先週ご近所に引っ越してきた友永って言います。この子は朝美。秀渡君と同じ年だよ」

　温かい返答があった。

　おそるおそる視線を持ち上げると、一組の母子が微笑んでいた。よく似ている親子だった。幼い俺が、この二人は一般大衆よりもはるかに優れた容姿だと感じるほど綺麗だった。

「よろしくね、ひでとくん」

　朝美から差し伸ばされた小さな手をぎこちなく掴んだ。

　その時、俺は初めて友永朝美と出会った。

初対面の印象は、宇宙人だった。つまり、俺とは違う世界の住人だと思った。

俺は年頃の少年らしいバトル漫画やＲＰＧが好きだったし、一方の朝美は少女漫画とか変身ヒロインモノのアニメ、そしてオシャレとかに興味が向いていた。趣味が全く合わない。だから、幼なじみとは言うものの、知人程度の付き合いだった。異性の幼なじみなんて実際こんなものだ。

そんな薄い付き合いの中で、唯一思い出と呼べる出来事があった。

とある日のランチに、俺と母親が朝美の家にお呼ばれされた時のこと。それは母親同士の交流会で、俺と朝美の子供組は適当に遊んでなさいとリビングに放置されていた。

「ＰＴＡの役員に選ばれたら色々と面倒らしいんですよ」

「それだけはどうにか回避したいですねぇ」

小学校に上がる前の子供を抱える母親同士、共通する悩みが尽きないようで話がどんどん弾んでいる。

「ねえ、どのライダーが好き？」

「ううん。見たことないもん。その前にやってるまほー少女なら知ってるけど」

「……そっか」

一方、俺たちは気まずいったらなかった。

一人娘家庭の友永邸には女児向けのおもちゃはあっても、未就学男児を満足させるゲームやおもちゃなんてない。共通の趣味のない俺たちは何を話していいのかわからず、手持ち無沙汰だった。

「……テレビつけよっか」

朝美も同じ思いだったようだ。手にしていたおままごとセットを置いて、代わりにテレビのリモコンを操作する。

「あ、たかなーちゃんが出てるっ」

つまんなそうにしていた朝美の目がぱっと輝く。

テレビに映ったのは民法の情報番組で、先月発表されて大ヒットしたアイドルのMVを紹介していた。ノリのよいポップな曲調だったことと、アイドルの可愛らしいダンスも相まって爆発的な人気を見せていた。ネットでも素人による踊ってみた動画が投稿されて大ブームになっていた。

朝美が指差したのは、そのアイドルグループのセンターだ。直近の人気投票で一位を獲得したことで、今回のMVではセンターに大抜擢、そして大成功を収めた女の子である。

「あのねあのね、私もおどれるんだよ、これ」

俺たちの間の気まずい雰囲気を払しょくしようとしたのだろう、朝美は俺の方を向き直ると、テレビで流れるMVを背景にして歌と踊りを披露し始めた。

この頃にはすでに、トップアイドルとしての片鱗があったと言える。特別難しくないダンスとはいえ、足運びや腕の角度は完コピしていたし、歌声にも愛嬌があった。

しかし、当時の俺はたった一言。

「はは、ヘタクソだなー」

冗談半分に笑いながら。

「…………え？」

気持ちよさそうに歌っていた朝美が凍り付く。

……えー、自己弁護するわけではないが、当時の俺はクソガキだった。朝美の歌とダンスが上手いことくらいもちろん気づいていたし、彼女の容姿が優れていることも分かっていた。だけど、それを素直に褒められないのが、ガキというものだ。なんでちょっとしたジョークのつもりの発言でした。……はい、すみません。今はすごく反省しています。

「……う、ぇ、ふぇ」

まあ当然ながら、朝美は泣き出してしまい、その後、俺は母親に後頭部を掴まれ、友永母子の前で何度も謝罪を強要された。朝美母が子供のしたことですからと笑って許してくれなければ、俺はその先二度と朝美と会えなかっただろう。

朝美母の寛大な処置はあれど、それからしばらくの間、朝美から距離を置かれるようになった。近所の男の子に意地悪なことを言われたのだから当然だ。その時の俺も悪いことをしたなーと思っていたので顔を合わせづらく、友永家の前を通る際には速足になったものだ。

だから、あの出来事から数か月後、俺の誕生日に朝美が母親とともに祝いにきた時は、かなりびっくりした。

「まああいらっしゃい。あら、朝美ちゃん、可愛いお洋服ね。お姫様みたいよ」

どうやらこの来訪は親同士で話がついていたようで、俺の母親はニコニコしながら、朝美を俺の真向かいの席に案内した。家族だけのささやかな誕生日パーティのはずが、とんでもないサプライズゲストの登場。

しかし、朝美は俺と目を合わせようとしなかった。

まだ怒ってるんだろうか。それならなんでわざわざ今日やってきたんだ。親に言われて、無理矢理？

俺が色々と頭を悩ませている間に豪勢な夕食が終わり、待ちかねていたプレゼントの時間がやってきた。俺は両親や祖父母から贈られたラッピングの箱に囲まれる。

そういえば朝美の奴、プレゼント持ってきてないな。ってことはやっぱり、仲直りのために強引に連れてこられたんだな。

残念に思いつつもそう納得した時、突然、朝美が立ち上がり、とてとてと俺の前に歩いてやってくる。

そして今日一日、一度も俺の方に向けなかった顔を、ようやくこちらに向ける。その頬が少しだけ赤くなっていることに気づく。

「ひでと君。これが私からのプレゼントです、きーてください」

　その言葉とともに、朝美の母親が持っていたスマホで音楽を流し始めた。そのイントロですぐに分かった。数か月前、俺の前で朝美が披露してくれた、あのアイドルソング。

「――っ」

　再び、朝美が歌い始めた。

　そして、俺の心を奪うのに、一瞬もあれば十分だった。

　最初に聞いた時点で本物そっくりで上手（うま）いと思っていたが、これはそんなレベルではない。ダンスの振り付けも歌い方も、単なる模倣（コピー）を超えていた。様々なアレンジを加えてオリジナリティを出していた。それが子供のお遊戯に止（とど）まらない魅力を放っている。だから聞き覚えがあるはずなのに新鮮で、見覚えがある動きなのに見飽きない。俺の耳と目、そして心は簡単に持っていかれた。

　原石から加工されたばかりのダイヤが放つ最初の輝きを、俺は目にしてしまった。

　遍（あまね）く星々と冷たい宇宙を照らし出す、恒星の誕生。自らは輝けない惑星たちを掴（つか）んで離さない、圧倒的な質量を持つ星。

　音楽の最後の一音が空間に溶け消えてから、朝美が再び俺に向き直った。

「……どうだった？」

さっきまでの圧倒的なオーラはどこへやら、不安げに俺を見上げていた。

「すごかった、……本物より」

考えるよりも先に言葉が出ていた。素直な感想だった。

今度ばかりは、俺も嘘や冗談は言えない。言えるはずもなかった。あの圧倒的な歌とダンスを目の前にして、自分の気持ちを誤魔化せるわけがない。

朝美は不安そうな表情を一転させ、ぱあっと顔を輝かせる。

「ホントっ！　やったやったよ、お母さん！」

後で知ったことだが、俺にヘタクソと言われた朝美は持ち前の負けず嫌いを発揮したらしい。アイドルのMVを何百回と見直しては研究し、母親とカラオケに通い詰めて熱心に歌とダンスの練習を繰り返したとか。それもすべては、俺の誕生日パーティでもう一度披露し、今度こそ「上手い」と言わせるために。

どうやらこの時のアイドル研究が、朝美にアイドルへの憧れを植え付けたようだ。

これが、俺と朝美との間に起こった幼なじみらしい唯一のイベントだ。

そしてこれ以降、とくにイベントは起きない。

小学校、中学校と地元の公立学校に通っていたが、あまり接点はなかった。いや朝美は幼い頃と変わらずに話しかけてくれたが、俺の方が一方的に避けていた。

朝美がアイドルとして一歩ずつ、着実にステップアップしていくから、俺みたいな人間は近寄りがたいのだ。どこそこのファッション雑誌に載ったとか、地方テレビのＣＭに出たとかそんな噂が嫌でも耳に入った。

朝美は校内でも有名人だった。ただ盛り上がっているのは周りだけで、当の本人は飄々としたものだった。

「おーい、湯上！　これ、お母さんから湯上のお母さんにって。夏休みに行ったオーストラリア旅行のお土産だよー」

今までと何ら変わらず、平然と俺に接してくる。昔と変わったのは名字で呼び合うようになったくらいだ、といってもそれも俺が頼み込んだからだが。

「……ありがとう、友永。お袋に渡しとくよ。じゃあ」

周囲からの視線が針の筵なので、綺麗な紙袋を急いで受け取るとさっさと背を向けて立ち去る。俺を呼び止める声には聞こえないフリを返した。

少しずつ有名になっていく女の子の幼なじみというポジションに、俺が優越感を覚えていなかったと言えばウソになる。

けれど会うたびに輝きを増していく朝美に、劣等感も強く覚えるようになっていた。

何者でもない俺に、朝美からあんな親し気な笑みを向けられる資格はない。

もし俺が、あいつの幼なじみなんて親しい関係じゃなくて、ただのクラスメイトという立場だったなら、純粋に応援できていたかもしれない。

だがあいつは俺に近すぎた。宇宙を照らす輝きは、近くにあればあらゆる生命を焼き尽くす無慈悲な光学兵器になる。イカロスの伝説を持ち出すまでもない、自明の理だ。

惑星に生命が誕生するためには、恒星から程よい距離になくてはならないのと同じこと。俺は適切な距離を測ろうとしたけど、あいつはお構いなしに接近してくる太陽だった。無自覚にビームをまき散らしながら接近する光学兵器だ。なんて迷惑な奴だろう。

そんな中、朝美が国民的アイドルグループの『スーパーストリングス』のオーディションに合格したことで、校内の有名人から全国クラスの有名人へと一気に成り上がり、俺と朝美との距離は弥が上にも広がった。デビューに向けて過酷な練習の日々が始まって、中学三年の下半期に朝美が登校した日は数えるほどしかなかった。朝美が俺に近づくことは、物理的な意味で不可能になっていた。

これで程よい距離感が保たれる。これからは、地表から一億五千万キロ離れた太陽の光を心地よく浴びていられると安堵した。

そう思った直後のことだった。

中学三年の冬。高校受験を間近に控え、張り詰めた緊張感に包まれる時期。昨晩に降った雪で路面の一部が凍結し、「滑る」ことに敏感な受験生は歩くのに慎重になっていた、そんな日。

俺が目指していた地元の高校は、偏差値が滅茶苦茶高いってわけではないが油断もできないので、この頃は授業が終わるとすぐに塾に向かっていた。

すっかり日の入りが早くなり、すでに薄暗い校門を抜けようとした。が、なぜか校門前に人が集まっていて、出入りを塞いでいる。

なんだなんだ、あまりにも寒いから皆でおしくらまんじゅうでもしてんのか？

そんなわけないと思いながらつま先立ちをして人込みを覗き込むと、その中心に立っていた少女と目があった。

「あ、いたいた。久しぶり、ひで、……湯上！」

能天気な声と右手を上げたのは、朝美だった。

うげ、最悪だ。

後悔したが時すでに遅し。スパストのデビューが決まった朝美を取り囲んでいた生徒たちが一斉に俺を見た。

「え、友永さんが待ってたってのこいつ？」「誰？　うちの生徒？」「えーと、二組の、湯浅だっけ？」「もしかして、彼氏？」「絶対ないでしょ。釣り合わなすぎ」「だよねー」

俺を値踏みするような視線と、囁き声がヒソヒソと聞こえる。はいはい、言われんでも自覚はありますよ。

「ごめんねー、ちょっと通してー」

朝美は生徒たちをかき分けながら俺の前に立った。ダッフルコートとマフラーで暖かそうな恰好をしている。

「あれ、もしかしてちょっと背伸びた？　男の子の成長って早いなー」

国民的アイドルに選抜された学校一の有名人、そんな美少女と校門前で話していたら好奇の目を集めないわけがなく、すでに俺の全身には無数の視線の矢が武蔵坊弁慶よりも刺さっていた。

「ちょ、ちょっと場所変えよう。ほら、こっち」

俺は朝美の手を引っ張ってその場を離れ、校舎裏に逃げ込む。もちろん、ここでも誰かに話を聞かれる可能性はゼロじゃないが、あんな目立つ場所よりかはマシだろう。

「それで、友永、こんなところで遊んでていいのか？」

「湯上に会いたくて、レッスンの合間になんとか時間作ってもらったの。五分だけだけどね。死ぬほど忙しくて困っちゃうよ。受験勉強と重ならなかったことだけが救い」

朝美は、俺が目指す高校を秋の段階で推薦で合格しているので、この時期でもレッスンに専念できている。こういうちゃっかりしているところもムカつく。

「……それはそれはお忙しいことで。で、何の用だ？」

「うん、これ、渡そうと思って。ちょっとしたクリスマスプレゼント」

ほいっと、飴玉でも手渡すかのようにダッフルコートのポケットから取り出された白い封筒。よく分からん加工がされているのか、表面がキラキラしてるし、手触りもいい。高恐る恐る開く。紙切れが一枚あった。そこに記載されている細々した文字を読む。

「……ライブチケット？」

「うん。私のデビューライブの日が正式に決まったから。湯上に見に来てほしくて、マネージャーさんにお願いして特別に融通してもらったの。かなりいい席だから、きっと楽しめると思うよ」

「なんで、……俺に？」

「だって、湯上は私がアイドルを目指すきっかけをくれた恩人だもん。そのお礼だよ」

俺に向ける屈託のないその笑顔は、幼い頃から変わっていない。そう、彼女にとって俺という存在は、あの日から何も変わらない。

いいや、変わっていないのは、俺自身も同じだ。あれから全く成長せずに、いつまでもスタート地点に立ったまま、走り去っていく朝美の背中を見つめている。

「それに、きっとライブ当日は緊張するから、湯上が見に来てくれれば安心できるし」

やめてくれ。華々しくデビューを飾ったお前を間近で見たら、自分が余計に惨めに思えるだけだ。お前のことを純粋に応援なんてできない。俺とお前の道はとっくの昔に分かたれて、もう二度と交わらないのだと、そんな現実を突きつけられるだけだ。

「無理だ。行けない」

絞り出した声と共に、チケットを叩(たた)き返す。

失意に彩られているであろう彼女の瞳を、覗(のぞ)き込(こ)む勇気はなかった。

「……俺とお前の、生きる世界は違うんだよ」

それだけを言い捨てると、俺は朝美(あさみ)に背を向けて逃げた。校舎裏を飛び出したところで、何人かの生徒と肩がぶつかる。どうやら俺たちのやり取りを盗み見た連中がいたらしい。

「あいつフラれてて、ウケる」「当たり前だよな。相手はスパストだぞ。身の丈考えろっての」

背後からそんな声が聞こえた。なるほど、そう勘違いしてくれるなら都合がいい。

そのまま俺は逃げ続けた。結局、また逃げたのだ。

今まで朝美を避けていたのは、あいつと釣り合わない自分に情けなくなっただけだ。告白する勇気もなく、自分を磨く努力だってしないくせに、幼なじみというアドバンテージでワンチャンあるかもと思いつつ、そのワンチャンすら活用しようとしないヘタレだ。

あいつと出会ってから、俺の時間だけが止まり続けているような気がした。何も成長せず、変わろうともしない。

自分へのどうしようもない苛立(いらだ)ちをエネルギーにして、ただ走り続けた。

そして家路までの道程。そこにある階段を登っていく。

そう、いつもは意識しなくても登っていける、どこにでもある普通の階段。ちょっと古くて、整備されていないことが明白な階段を駆け上がっていく。だが中程に差し掛かったあたりで、突如として視界が逆転した。階段が頭上に、空が下になった。

まさか、空に吸い寄せられている？

なんて馬鹿な考えが頭を過った直後、ようやく気付いた。

昨日降った雪で、階段が凍結していたことを。俺はこの時期に、受験生が絶対にやってはいけない不吉な失敗をしてしまった。

そう、思いっきり「滑った」のだ。

そして、頭の後ろでゴキッとすごく嫌な音が聞こえた途端に、俺の意識は途切れた。

気付いた時には、俺は『扉の世界』に立っていた。目の前には、『扉』がぱっくりと口を開いていて、内側に広がる暗闇を見せつけていた。

もちろん俺は混乱したが、このまま突っ立っているわけにもいかない。無限の数の『扉』のいずれかに入る他なかった。

だが、暗闇が広がる『扉』には入る気がせず、すぐ隣にある『扉』を開き、そこに足を踏み入れた。

すると、俺はベッドに横たわっていた。

脇では両親が青ざめた表情で眺めており、その隣で朝美がこの世の終わりのような顔をしていた。

「き、気が付いた、気が付いたよ」

最初に俺と目が合った朝美が泣いて縋り付いてくる。なかなか良い気分だった。

それからのことはあまり覚えていない。

どうやら、階段の真下でひっくり返っている俺を見つけたのは朝美のようで、すぐに救急車を呼んでくれたために、大事には至らなかったとか。

俺は打撲と擦り傷、軽い脳震盪で済んだ。念のため、ＭＲＩで脳の検査も行ったが問題ないとのこと。一週間程度の検査入院の末、俺は晴れてシャバに戻った。

こうして、俺は『扉の世界』に行けるようになった。先進世界の朝美が言ったことを信じるなら、事故によって俺の脳の一部が損傷し並行世界を観測できるようになったわけだ。

並行世界の存在は、こんな俺にもたくさんの可能性があることを教えてくれた。

アイドルという輝かしい可能性を掴み取った朝美と同じように、俺にだって素晴らしい可能性が眠っていた。部活動で活躍する世界、朝美以外の女の子と恋仲になる世界、俺が知らなかっただけで、無数の世界に満ちていた。満ち足りた青春の日々が、汗と涙と勝利の瞬間が、甘酸っぱい恋のひと時があった。

俺の人生は、つまらなくなんてなかった。そのことが俺の心をどれだけ救ってくれたことか。朝美に抱いていた一方的な劣等感を忘れることができた。

そうして自信を得た俺は、これまで言い訳を重ねながらずっと先延ばしにしていた朝美への告白を決心した。

とある世界の彼女はそれを拒み、別の世界ではそれを受け入れてくれた。

トップアイドルの幼なじみと恋人になる。そんな素晴らしい世界を見つけ出した俺。

ただ、俺はそれからも並行世界への旅を続けている。

せっかく憧れだった朝美と御近づきになれたのに、俺はなぜ様々な並行世界へ逃げ込んだのか。

色々と理由は考えられる。実際、理由は一つじゃない。並行世界が無限に存在するように、人間の行動にも幾多の理由があって、一つに絞ることはできないものだ。

でももし、たった一つだけ理由を述べよと問われたら、たぶんこう答えるしかない。


俺に眠っている可能性を、もっと知りたかった。


秘められた才能や、思いがけないチャンスを掴んだ自分をより深く、広く、遍く探したかった。朝美と釣り合うくらい、いやそれ以上の可能性が俺にはあるんだと、自分自身に証明するために。

そうやって星の数ほどもある並行世界に、俺は溺れていった。

第三章　恐怖は自由のめまい

1

世界が元に戻ってからひと月ほどが経過した。

統合世界での出来事は、どの並行世界でも存在しないことになっていた。全ての人類の記憶が都合よく書き換えられており、覚えている者は一人もいない。無論、俺を除いてだが。跳躍者（ジョウンター）だから覚えていられるのかもしれない。だとしたら先進世界の朝美（あさみ）もあの日のことを覚えているはずだ。

大多数の人類は何事もなく日常を歩んでいる。

その点に関しては俺だって同じだ。

あの日以前と同様に、並行世界を行き来しながら複数の青春を楽しんでいる。

ただ、朝起きるのが少し怖くなった。目を覚ましたら、また統合世界になっているんじゃないか。あるいは俺が全然知らない『俺』になっているんじゃないかと怯（おび）える。

先進世界の朝美が言ったように、今度こそ真の統合世界になったらたぶん俺は俺でなくなっているだろう。統合される恐怖を覚えることすらできない。

そういう意味では、朝起きた時に恐怖するということは、何も起こっていないことの証拠でもあるのだが、かといって目覚めが良くなるわけでもない。

今後のことを先進世界の朝美に任せっぱなしにしているのが、どうにも引っ掛かっている。あいつだけでは先進世界の方針を変えられないことは明白だ。だったら俺が直談判（じかだんぱん）するしかないのか。

それとも俺が下手（へた）に刺激しない方がいいだろうか。

色々と考えはするものの、結局、俺は何も行動できず、今は、生徒会室で陽菜乃（ひなの）先輩と二人っきりの生徒会活動に勤（いそ）しんでいる。

ちなみに生徒会室と言っても、実態は資料倉庫のような場所だ。中央に安っぽい長机が角を合わせて長方形を形成し、それを見守るように棚が設置されているだけの部屋。漫画のように、生徒会長専用のマホガニー製デスクが置かれることもない。

「え？　なんだって」

放課後。生徒会の仕事中に、俺がとある話題を振ったところ、先輩がきょとんとして問い返した。

「だから、先輩の家庭環境についてですよ。大丈夫ですか？　なんかぼおっとしてません？」

さっきまで普通に受け答えをしていたのに。まさか聞いていないとは思わなかった。

「あ、ああ。すまない、どうやらうたた寝をしていたらしい」

先輩が目元を擦る。

「お疲れですか？　だったら、今日の仕事は俺がやっちゃいますよ」

「……いや、気にしないでくれ。近頃、たまにこうなるんだが、君と話していればちゃんと目が覚めるだろう。……それでえっと、家庭環境について聞きたい、とはどういう意味かな？」

今日の生徒会室は俺たち二人っきりなので、プライベートな話をするには都合がいいタイミングだと思った。

「ご両親と仲はいいんですか？」

「ひ、秀渡君……。いくらなんでも結婚の挨拶に行くには気が早過ぎないかい？　……ぽ」

先輩が両手で自分の頬を挟み込み、そっと顔を背けた。

「いや違いますから、頬を赤らめたフリをするのはやめてください」

「つれないねー、秀渡君」

俺が指摘した途端、つまらなそうな顔になってこちらに向き直る。

「で？　なんでいきなり家族の話をし出したんだい？　何か悩みでも？」

「あー、ちょっと進路のことで親と喧嘩になっちゃって。先輩のご家庭はどんな感じかなーと。参考までにお聞かせいただければ」

ウソだ。

俺の頭には、先日の統合世界で出会った『あの』先輩のことがあった。俺に執着し監禁しようとした先輩。『あの』の世界では『俺』を本当に監禁していた。

あのマッドな先輩、……異常先輩とでも呼ぼうか。異常先輩が凶行に至るまでにどんな事情があったのか、あの晩にさらっと聞いただけだが、ある程度想像することはできる。もし同じような生い立ちを、俺がよく知る『この』先輩もしていたとしたら、異常先輩のようになる可能性もあるのだろうか。

「うーん。家族関係ねぇ。正直、私の話はあまり参考にならんと思うよ。自分で言うのもなんだが結構おかしな家族だから」

「……それでも、聞かせて下さい」

むしろ、それが聞きたかった。この先輩と異常先輩との違いを探りたかった。

「そ、そんな真剣な目をされたら断れないじゃないか」と先輩が本当に顔を赤く染めて、視線をそらす。「わ、分かった。笑い話と思って聞いてくれ」

それから先輩が語りだしたのは、俺が異常先輩から聞かされた話とほぼ同じ内容だった。子供のことを、まるで株や保険のような金融商品の対象としか見ていない金持ちの親のこと。養育に掛かった費用を計算し、将来はそれに利子を付けて返せと言い聞かせ、親子関係を契約と見なす奇妙な家庭のこと。

そんなとんでもない内容を平然と語る『この』先輩も怖かった。差し込む夕日に満たされ茜色（あかねいろ）に染まり切った生徒会室が、異様に不気味に思えた。

　俺はいつでも逃げられるように、椅子からちょっとだけ腰を浮かせる。

「あの……それで、先輩は、満足ですか？」

「ん？　そりゃあ一般的な家庭と違うことは理解している。だが、物心つくまでこれが当たり前だと思っていたからねぇ。今更どうのこうの言うつもりはないよ」

　あっけらかんと言い放つ。その表情に変化は見られない。

「……その、例えば、親からの愛情が足りない、とか……思ったことは？」

「……っぷ、あはは、なんだ、心配してくれるのかい？」

　腹を抱えて笑い出して、俺の頭をクシャクシャッと撫（な）でつける。

　こんな風に笑ってくれる先輩が、異常先輩のようになるとはとても信じがたい。だけど、異常先輩もまた、先輩の可能性の一つなんだ。意外なことに。

「ちょ、ちょっと、こっちは真面目（まじめ）な話してんですよ」

「ああ、分かった分かった。あれだろう？　親から愛情を注がれない子供は心が歪（いびつ）に育ってしまう、みたいな？　心理学の本でも読んだのかな？　心配してくれるのは素直に嬉（うれ）しいよ。ありがとう。確かに、私は変な家庭で育ってしまった。それは事実だ。幼い頃、この親子関係を寂しいと思ったこともある。それは認めるよ」

　と、一旦言葉を止めた先輩は窓の外の夕日に視線を送る。その瞳は遠き日の情景を思い返すようだった。

夕焼けは、誰の心にも郷愁の念を呼び起こさせる。それは先輩とて例外ではない。

「しかしだ、私もそれなりに成長したおかげで、こうした関係も親なりの愛情なのだと感じるようになったのさ」

先輩は瞳に夕日を抱きながら言う。

「愛情、ですか？」

「ああ。私の家族は、まるで契約のようなシビアな関係だ。しかし、この社会とはそもそもそういうものだろう？　様々な契約で雁字搦めにされ、隙あらば取って食おうとする悪い輩に溢れている。そうした社会の厳しい一面を、家庭内で教えてくれているのだとしたら、それは彼らなりの愛情表現なんだろう」

「……」

強がり、ではなさそうだ。

「ふ、理解できない、という顔だね。まあ、仕方ない。変わった一家だものな。……それでも、私は両親に感謝しているし、これは愛情表現の一種だと信じている。だから私も、いずれは養育費を利子付けて、……いや設定された利子以上の金額を稼いで、叩き返してやろうと思っている。その時、両親がどんな驚いた顔をするのか、今から楽しみだよ、ふふふ」

先輩は口角を上げて不敵に笑っていた。異常先輩とは違う、正面から自身と家族関係に向き合っているように見えた。少なくとも、あのような凶行に走るとは思えない。とは言え、こっちの先輩も、異常先輩とは違うベクトルでぶっ飛んでいる気がするが。

「そ、そうですか、応援してますよ。先輩」

「ああ、ありがとう。……ああ、そうだ。私と結婚したからといって、私の養育費を君に肩代わりさせようなどとは考えていないぞ。私が自力で返済する。だから安心してプロポーズしてくれ」

「いや、しませんよ」

「なんだー、つれないじゃないかー。そんなこと言う子には紅茶のお代わり淹れてあげないもん」

子供のように不貞腐れ、給湯器の元に向かう先輩。

先輩は、やっぱり俺の知っている先輩だった。ほっとした。

では、先輩と異常先輩を隔てているものは一体なんだろう。

同じ人生を送ったとしても、その後の選択まで同じになるとは限らないということか。

そういえば、統合世界で異常先輩とファーストコンタクトしたのは朝の登校時だった。その時は普段の先輩と何も変わらないと思ってしまった。別人だと見分けられなかった。それほどまでに異常先輩と俺の知る先輩は遠くも近しい存在だと言うことだ。

なら二人の差異はなんだ。

そもそも並行世界とはなにか。人間の選択とはなにか。可能性とは？

俺のちっぽけな灰色の脳細胞をいくら働かせたところで、こんな哲学的な問いに答えを出せるはずがなかった。

2

「うわー、みてみて、すっごい綺麗(きれい)だよー」

朝美(あさみ)が淡い青色で照らされている水槽に駆け寄って、その奥でダンスする熱帯魚たちを覗(のぞ)き込(こ)む。そのはしゃぎっぷりが、初めて水族館を訪れた小さい子そのものなのでちょっと微笑(ほほえ)ましい。

「あんま走るなよ。館内は薄暗いんだから」

「あはは、ごめんごめん」

朝美がセミロングの髪を揺らしながら振り返ると、明るい赤色の髪の毛が一本一本バラバラに動き、ふぁさっとシャンプーの香りを振り撒(ふま)いた。

「秀渡(ひでと)と来れたのが嬉(うれ)しくってさ。考えてみると、ちゃんとしたデートってこれが初めてじゃない？」

ハンチング帽を目深（まぶか）に被（かぶ）り、メタルフレームのメガネをかけてしっかりと変装している朝美（あさみ）が、アイドルの時とは違う笑顔を見せる。そんな顔で真っすぐに礼を言われると誘ったこっちが赤面してしまう。水族館の中が薄暗くて助かった。

「今回の全国公演ではさぁ、会場ごとに振り付けのアレンジがあったんだけど、これがもう本当に本当に大変だったんだよ。泊まっているホテルの中ではもちろん、移動時間でも次のライブのダンス映像を繰り返し見せられるし、ほんっとうに、疲れたよ――」

オープンカフェテラスのパラソルの下で特大パフェを前にした朝美が、椅子の背もたれにぐんにゃりと上半身を預けている。残業を終えたオッサンが自宅のソファで寛（くつろ）いでいるようなその姿は、とてもファンにはお見せできない。

「その話、今日十回目だからな。早く食わないと、パフェ溶けるぞ」

「あわわ、もう溶けかかってるよ。秀渡（ひでと）もちょっと手伝ってー」

チョコアイスを掬（すく）ったスプーンが俺の口にねじ込まれる。舌を刺す冷たさとほろ苦さ。

「むぐ、ちめて」

だが美味（おい）しかった。濃厚なチョコだが甘過ぎず、ほのかな苦みと絶妙なバランスを保っている。評判通りのパフェだ。このカフェに行こうと誘ったのは正解だったな。

「きゃあああああああああ」

隣の席で朝美が楽しそうに絶叫している。俺は全身にかかるGを耐えるのに必死で、悲鳴をあげることすら出来なかった。子供向けの遊園地と侮っていた。まさか、こんなにも恐ろしい絶叫マシーンがあるなんて。

だが、まあ、朝美が楽しんでいるならいいか。

今日、俺は朝美とあちこちでデートしている。

全国ツアーを無事に終えて、――右足首の疲労骨折によって降板などということはもちろんなく――、久しぶりにオフの時間を獲得した朝美を、勇気を出して誘った。

先進世界の朝美に言われたからってわけじゃない。……いや、本当だ。いつかはデートに行こうと思っていたんだ。

だが、デートスポット選びというのは中々悩ましい。恋愛未経験者には選択肢が多すぎてどれを選ぶべきか迷う。しかし、幸いにも俺には頼りになる相談相手がいた。

『え、初めてのデートでどこに行きたいか？　なになに、ついに秀にぃにも春が？　おかーさん聞いてよ、ってあいた』

キッチンに立つ母親の元に向かおうとした樹里の頭を即座に小突いた。

『……もーわかったよ、内緒にしとく。えーと、初デートねえ。あんまり重たい場所はやっぱ嫌かな。そうなると、ベタだけど水族館とかはどう？　あと近所のカフェの新作パフェが美味しいって益田ちゃんが、あ、クラスの子ね、が言ってたかな。他には、ちょっと背伸びして遊園地ってとこじゃない？』

涙目をしながらいくつかの案を出してくれた我が義妹。残念ながらデートするのはこっちの『俺』ではないが。

デートの相手は、お前が今スマホで熱心に見ているスパストのMVでセンターを飾っている女の子だぞ、と言ってやりたい。言ったところで頭が変になったと思われるだけだろうけど。

さて、選択肢は多い程いい。普通の人間であれば絞り込むのに頭を悩ませるが、俺の場合は絞り込む必要はなかった。取捨選択など、俺の辞書に載っていない。

全てのパターンを試せばいいのだ。

というわけで、俺はいくつかの並行世界を反復横跳びしている。ちなみに樹里が挙げた候補以外にも、映画館とかショッピングとかに行くパターンも網羅している。

そう完璧だ。俺の無限のデートプランに失敗はない。

「いやぁ、堪能したねぇ秀渡」

ジェットコースターを降りた朝美がご満悦に笑いつつ、乱れた髪を手櫛で整えている。

「ああマジでやばかった、まだ心臓がバクバクいってる」

「ホント？　どれどれ？」

朝美の手が俺の左胸にすっと伸びた。ひんやりとした彼女の手のひらが静かに押し付けられる。心臓の鼓動を測られた。

「あははっ、めっちゃバクバクしてる。ビビり過ぎでしょ」

それはいきなりお前がボディタッチしてきたからだ、という言葉はぐっと飲みこんだ。

「も、もう勘弁してくれ」

半笑いで朝美の手を振り払おうとしたが、「あれっ、友永朝美じゃん！」と突然の叫び声に俺は固まった。

声がした方を見ると、大学生くらいのカップルがいた。アホ面をぶら下げた男の方は西部劇のガンマンのように、素早くスマホを構えていた。

焦った時にはすでに遅く、彼らの声に周囲の視線が集まった。

「うわマジじゃん、朝美ちゃんだ」「ウッソ、あれ、彼氏でしょ？」「ヤバイヤバイ。スキャンダルじゃん」「この写真、ネットニュースで高く売れんじゃね？」

騒ぎが燎原の火のように広がる。ジェットコースターに乗るために朝美が変装用の帽子とメガネを外していたせいで、一度注目を浴びるともう誤魔化せなかった。このネット社会の現代では、噂話と写真を抑えられない。

俺たちの周囲に次々と野次馬が集まってきて、バウムクーヘンのように層を成していき、あっという間に逃げ道が封じられた。

「ど、どど、どうしよ。秀渡」

あー、やっぱり遊園地はマズかったな。しかもジェットコースターに乗るなんて。せめて観覧車にして変装を続けさせていれば……。いくらなんでも考えなし過ぎた。これじゃとてもデートは続けられない。

残念、このパターンの世界は失敗だ。

と、俺は自分の目蓋(まぶた)と、この世界に続く『扉』を閉じた。もう二度と開くことはないだろう。

さて、デートを続けよう。

3

「いやー、名物のイルカショーは、やっぱちょー可愛(かわい)かったね。水族館と言えばこれですよ。ホント、来たかいがあったよ」

「……そりゃ、よかったけど、浮かれすぎだろ。それ、カバンにしまったら？」

屋外プールで開催されたイルカショーを後にした俺たちは、館内のお土産(みやげ)コーナーをうろついていた。

朝美(あさみ)は水族館のマスコットになっているイルカのぬいぐるみを抱えながら、子供のようにはしゃいでいる。イルカショーが相当気に入った様子だったので、プレゼントとして俺が買ってやったものだ。

「えー、やだよ。せっかくの秀渡のプレゼントだもん。見せびらかしちゃうもんね。ほら
ほら、初デートの記念品でーす」

と、朝美はぬいぐるみを頭上に突き出して、周りに見せつけるように掲げた。

「うわ、恥ずいからやめてくれ」

「やめませーん」

「なら、返せ」

俺はぬいぐるみに手を伸ばすが、ダンスで鍛えた朝美のフットワークの前に華麗に躱されてしまった。

「返しませーん。あはは」

朝美は笑いながら、ライブ中のマイクよりも大事そうに抱え込んだ。

……ま、いいか。こうやってじゃれ合っている方が恥ずかしくなってきた。傍から見たらどう考えてもバカップルだ。あまり目立っても困るし。

「へいへい、分かりましたよ。もう好きにしてくれ」

「お。諦めたね」朝美が勝ち誇ったように笑ってから、イルカの顔を俺に近付ける。イルカを上下に動かしつつ、「……ゴメンヨ、ヒデト。デモ、オイラ、水族館ノ外ニ連レ出シテモラエルノガ嬉シイゼ」と無理に甲高い声を出して吹き替えた。

「あー、よかったよかった。けどな、水族館でぬくぬく暮らしていたニートのイルカが、

大海に出たところで野生には戻れないぞ。シャチのエサになって終わりだ」

「うわ酷(ひど)い、サイテー」

ぷくっと頬(ほお)を膨らませた朝美(あさみ)は、イルカを自分の方に向けて「アア、ヒデト君ハサイテーダゼ。朝美チャン、ガッカリシチャダメダゼ」と恥ずかしい一人芝居を続けた。

「お前それ虚(むな)しくないのか」

「……流石(さすが)に、ちょっと恥ずかしくなってきた」

ようやく自分の痛々しさに気付いたらしく、ぽっと頬を赤らめる。ようやくイルカに命を吹き込むのをやめて、大人(おとな)しく胸の前に抱えた。それも十分恥ずかしい恰好(かっこう)な気がするが。

「ま、それだけ楽しんでくれたなら、誘った俺としても満足だ。うん、ありがとな」

「いえいえ、こちらこそ。秀渡(ひでと)と二人っきりで遊びに行くって中々ないもんね。すっごく楽しかったよ、また誘ってくれると嬉(うれ)しいな」

「ああ、また行こうぜ」

この世界は当たりだった。

朝美も俺も十分に楽しんだ。水族館は基本的に薄暗いし、変装を解く必要もないから朝美が周囲に気づかれることもなかった。恋愛シミュレーションゲーム的には好感度の大幅アップイベントを見事にクリアしたって感じだろう。

「あー、はしゃいだらすごく喉渇いちゃったよ。ねえねえ、秀渡、あのコーヒーフロート飲みたい」

指差したのは、水族館のお土産コーナーの脇にあるドリンクコーナー。

お前の方が金持ってんだから自分で買え、などとはもちろん言わない。それくらいのマナーは俺だって心得ている。

「了解、じゃ、ここでおとなしく待っててくださいお姫様」

「うむ、苦しゅーない」

俺はそうして朝美のもとを離れてドリンクコーナーへ向かう。メニューはどれも観光地価格だ。足元を見られながら、朝美のコーヒーフロートと自分の分のコーヒーを購入。両手に二人分のドリンクを持ってお姫様のところへ戻る。

「ほら、買ってきてやったぞ。ありがたく思え」

バニラアイスの白いドームが乗ったプラスチックコップを差し出す。

「………………」

しかし朝美は呆然としている。目の焦点があってない。コップを受け取ろうとしない。

今日一日の疲れが出たのだろうか。

「おーい。どうしたんだー。両手が塞がってるんだからさっさと持ってくれ」

「えっ、あ」コップを朝美の頬に押し当てるとようやく我に返り、俺の方を向く。その日が大きく見開かれた。「ゆ、湯上、……君？」

「お前に名字で呼ばれるなんて久しぶりだな。どうしたんだよ、急に他人行儀になって」

面白くない冗談に半笑いになる。

「ど、どうしたの？　こんなところで。き、奇遇だね？」

表情筋が筋肉痛になったような、引き攣った笑みだった。朝美のこんな笑顔、初めて見たかもしれない。

「何言ってんだ？　最近のＪＫの間では他人ごっこがトレンドなの？　なわけないか。疲れて熱でもあんのか？　結構歩いたもんな」

心配して一歩近づくと、「ひっ」と小さな悲鳴を漏らした朝美が二歩下がる。一歩分、俺たちの間に溝が生まれる。

「おいおい、どうしたんだよ。流石に傷つくぞ」

「どうしてここにいるの？　もう私には近づかないって話でしょ？」

「何言ってんだ。一応、俺らデート中だろ、お互いが近づかないデートってなんだよ？」

「デート、私たちが？　あはは。湯上君の中ではそういうことになってるんだ」と乾いた笑みを見せたかと思うと、すぐに意を決したような真面目な顔になった。「デートなんてするわけないじゃん。私はこれでもアイドルだよ？」

……これは、朝美なりの高度なジョークなのか？　さっぱり笑えない。もともと冗談のうまいやつではなかったが、しかしこれはあまりにも意味不明だ。

「落ち着けって、今のお前はどうかしてるぞ」

流石に俺も荒ぶる感情が抑えきれない。

「落ち着くのは湯上君の方だよ。もう私には近づかない、そういう約束だったでしょ？　どうやってここに侵入してきたのか分からないけど、さっさと出て行って……あれ？」

周囲を見渡した朝美が固まった。

「ここ、水族館？　あれ、どうして？　さっきまで私、事務所に……」

朝美の顔から一瞬にして血の気が引いた。そして怯えた視線を、俺に向けた。そう間違いなくこの俺に、だ。

「ゆ、湯上君、何をしたの！　どうして私はこんなところにいるの！」

ドラマでも聞いたことのない、友永朝美の荒らげた声。突然の激昂に俺はひるんだが、周りの視線が集まってきたことに気づいてすぐに我に返る。

「お、おい、冷静になれ。周囲にバレるぞ」

慌てて朝美の傍に寄って、自分の手がドリンクで塞がっていることも忘れて右腕を伸ばし、彼女の震える肩を摩ろうとした。

「いやあっ！　殴らないで！」

突然の叫び声とともに、俺の右腕が振り払われた。掴んでいたコップがすっぽ抜けて、中身のコーヒーフロートをあたりにぶちまける。バニラアイスの半球体がぐちゃりと地面に落ちた。

……殴る？　俺が、朝美を？　肩に触れようとしただけで、そんな風に勘違いされるなんてことがあるか？

俺の困惑を他所に、朝美が声を荒らげる。

「湯上君の気持ちに応えてあげられなくてごめん！　だ、だけど、今でも湯上君が私を想ってくれているなら、アイドルとしての私を応援してほしいの！　こんなストーカーみたいなことはやめて。同じことを繰り返さないで」

俺が、朝美にフラれた？　まてまて、こっちの世界ではそんなことは起きなかったはずだ。それに、ストーカーみたいなことを繰り返すなって、どういうことだ？

頭が整理できない。

「うわ、ドラマみたいな修羅場じゃん。初めて見た」「てか、あれって友永朝美じゃね？」

チラチラとこちらを盗み見る視線の中に、朝美の正体を看破する者が現れる。

クソっ、ただでさえややこしい事態なのに。

「トモナガ？　って誰だっけ？」「はあ、スパストの友永朝美を知らないわけねえだろ？」

「いや聞いたことないけど」「おまっ、世間知らずにもほどがあるだろっ」

「友永朝美って確か、デビュー直前にストーカー被害にあって、デビューできなかった子だっけ」「ええっ、そんな話聞いたことないけど」

野次馬から漏れ聞こえる噂話はどれもチグハグだった。それどころか、「アンタとはもう別れたでしょ」「はあ？　そんなはずないだろ」といった、朝美とは関係ないトラブルまで起きていた。

この噛み合わない感じを知っている。

並行世界が混合した統合世界。また、それが起こったんだ。

それを自覚した途端、脳内に記憶が流れ込んできた。『この』朝美が知る『俺』と同期する。

「あ、ああ、違う、俺が、こんなこと……」

両手で目を塞いだが、脳に流入する記憶を止めることはできなかった。

一人称視点のその映像が、強制的に脳裏で再生される。

あの時の『俺』は、朝美に確かにフラれた。

だけど、それで終わらなかった。

幼なじみという立場に、『俺』は驕っていた。断られるなんて夢にも思っていなかった。

だから朝美の返答が信じられず、受け入れられなかった。

デビュー前の朝美に粘着し続けた。なんせ朝美の自宅を知っているのだ。尾行するのは容易いし、たとえ見失っても家の前で待ち構えていれば仕事帰りの朝美と確実に出会うことができる。会うたびに、何度も何度も告白を繰り返した。最初はやんわりと断り続けていた朝美が、迷惑そうな態度を露にするまでにさほど時間はかからなかった。

『……私のことを想ってくれるのは本当に嬉しい。私にとっても湯上君は大切な友達だよ。だけど、私はやっぱりアイドルを目指したい。今は湯上君との恋愛を考えられる状態じゃないの。……ごめん、練習続きで疲れてるから、もう行くね』

そう言って強引に俺の脇を通り抜けて、自宅に帰ろうとする朝美。

通り過ぎていく、早足の朝美に、俺は、いや、『俺』は……。バカなことするな。ポケットに隠し持っていた、カッターナイフを。考え直せ。カチカチカチと、手の中で刃を伸ばして。ダメだ。カッとなって、衝動的になって、怒りに駆られて。やめろ、やめろ。振り下ろしたカッターを、デビュー目前の、夢が叶う一歩手前の朝美の、顔に。恐怖に歪んだ、俺の良く知った幼なじみの顔面に、ギラリと鈍く輝く、刃を。

映像どころか、その時の感覚までも右手に蘇った。カッターの持ち手の硬さと、刃が皮膚と肉から受ける生々しい抵抗を。

「違う、これは『俺』じゃない！」

俺は現実から目を背け、『扉の世界』へと向かった。

時が止まった白い世界。

以前、統合世界になった時は、無数にあった扉がたった一つしかなかった。きっと今回も同じだろう。また、先進世界の計画が始まったんだ。

だが俺のそんな予想は、見事に外れていた。

「ウ、ウソだろ、他にも扉がある？」

今しがた俺が出てきた扉の左右には、並行世界の『俺』へ続く扉が続いていた。相変わらず数えきれないほどの扉。

だが、全く異常がないというわけでもなかった。

並行世界の扉は本来一色だった。少なくとも、今までそれ以外の扉なんて見たことがなかった。あの統合世界の扉だけが例外だった。

しかし、今、俺の目の前にある扉は、複数の色に塗り分けられていた。扉の右半分がコバルトブルーで左半分が若草色といった具合だ。他の扉に目を向けると、二色になっている扉もあれば三色の場合もある。あるいはそれ以上のも。多数の色が教会のステンドグラスのように塗られている扉も見つかった。

多くの扉が二色以上に染まっている。一色だけの扉はほとんど見当たらない
「この扉は相変わらずだな」

黒い扉。他の色の干渉を受けず、一色のままだ。開いてみたが、その奥にはやっぱり暗黒が広がるだけ。入ったところで意味はない。

とりあえず、多くの扉に二色以上交ざり合っていることはわかった。

疑問は尽きないが、今の状況を確認するためにも近くにあった別の扉に逃げ込む。

「うわ、どうしたの秀渡（ひでと）？　汗びっしょり」

目の前に、心配そうな顔の朝美（あさみ）がいた。

こっちの『俺』とすぐに記憶が繋（つな）がる。ここはカフェテラスで話題のパフェを食べた世界だ。パフェを食べた後は、朝美が好きなセレクトショップを回り、ショッピングを楽しんだ。今はその帰り。駅のホームで、自宅の最寄り駅に向かう電車を二人で待っているところだった。

俺の顔を覗（のぞ）き込（こ）む朝美をまっすぐ見つめながら、僅かな恐怖とともに質問する。

「……俺とお前は、付き合ってるんだよな？」

「ええ、ななな、なにをいきなり」

「教えてくれ。俺たちは今、デートしていた、それで間違いないよな」

「そ、そうだよ。当たり前でしょ。……本当にどうしたの？　熱でもあるの？」

朝美の驚きの表情がすぐに不安げに変わった。俺の額の汗をハンカチで拭ってくれる。

……ああ、よかった。

気づいたら、その小さな身体（からだ）を抱き締めていた。

「おわわわ！　ひで、秀渡！　その、あの」

驚いてワタワタしている幼なじみを、しばらく抱き締め続ける。朝美が逃げる様子はない。それどころか、俺の背中に手を回してくれる。「ど、どうしたの、本当に？　大丈夫？」そして俺を労わってくれた。

柔らかく、愛おしかった。その感触と体温が、俺を元に戻してくれた。

「悪い、ちょっと考え事してた」

ようやく落ち着いた俺は、朝美から離れる。

この反応を見る限り、こっちの世界はほかの並行世界の影響を受けてないようだ。それとも朝美が変わっていないだけで、他の場所や人物には影響が出ているのか。

考え込んでいたところ、駅のホームにアナウンスが流れ、電車が滑り込んできた。風圧が俺たちの髪と頬を撫でる。

流れるように動いていた電車が停止し、ドアが左右に開いた。

俺は無意識のうちに電車に乗り、そして、ふと気づく。

「ん。どうしたんだ？　早く乗れよ」

朝美はホームに突っ立ったまま、開いた電車のドアを見つめていた。

さっきまでぼうっとしていた俺と立場が逆転しているようだった。

「秀渡君！」

悲鳴にも似た朝美の声が俺の耳朶を打つ。虚ろだった瞳に灯がともる。眼を皿のように見開き、青ざめた唇を震わせていた。

「聞いて！　先進世界が、新しい計画を開始した。でも、今度は統合じゃない！　狙われているのはあなた達！　とにかく逃げて。『この』私の身体は、なんとか守り切るから」

「……は？」

朝美が一息に話し終えた途端に、電車のドアが無情に閉ざされる。薄っぺらい鉄の板が、俺と朝美を隔絶した。

揺れる鉄の箱の中で、ようやく俺は朝美の言葉を飲み込んだ。

さっきの朝美は、『あの』朝美だ。統合世界で出会った、跳躍者の朝美。並行世界の統合化を目論む、先進世界に属するエージェントの朝美。『あの』朝美が『こっち』の朝美に乗り移ったんだ。

ってことは、何らかの危険を知らせに来てくれたってことだ。でも、「統合じゃない」ってどういう意味だ。

先進世界の新しい計画。じゃあ、また世界が統合されているのか？　だったら、さっきの水族館での朝美の異変も納得できる。

すぐにスマホで朝美に電話を掛けた。

「おい、今のはどういうことだ？　というか、そこにいるのは先進世界の『朝美』ってことでいいんだな？」

周囲からの窘める視線も厭わずに声を荒らげる。電車内のマナーなんて気にしている場合じゃない。

「ご名答。久しぶりだね、秀渡君。『私』とのデート中に悪いね。どう、ちゅーくらいはしたのかな？　……ってしてないじゃん！　もー。もっと積極的にいかないとダメだよ」

スマホから返ってきた声は冗談めかしているものの、どこか疲労の色が窺える。

「手短に教えてくれ。また世界がよく分からん事になっているよな？　お前たちの仕業か？」

「ああ、もう秀渡君も経験済みなんだね。それなら話が早くて助かるよ。お察しの通り、また並行世界が統合を始めてる。前回と違うのはいきなり一本化したわけじゃなく、一部が少しずつ混ざり始めてるってところだね。この世界はまだ無事みたいだけど、この現象は現在進行形だから、いずれ波及してくると思うよ」

「なんで今回のお前らは、そんな時間がかかるようなことをしたんだ？　お前たちの目的はすべての世界を統合することじゃないのか？　わざわざ少しずつ統合するような真似って、面倒なだけじゃないか？」

「その答えは簡単。今回の件は、先進世界が起こしたことじゃないから」

「……は？」

一瞬、理解が遅れた。

「じゃあ、どこの世界だよ、こんなバカなことをしでかしたのは」

「犯人なんていないよ、誰でもない。これは、自然現象みたいなものだから」

「まてまて、俺の理解が追い付かん。並行世界が混ざり合うことが自然現象？」

「そうだよ。……実は、世界はもともと一つだった。だから今、あるべき姿に戻ろうとしているの。ピンと張ったギターの弦を弾(はじ)くと細かく振動するけど、それはいずれ止まるのと同じこと。当たり前の現象だよ」

「世界はもともと一つ？　だけど、並行世界はこうして実在してるだろ？　それとも並行世界は誰かに作られたものってことか？」

　次々と質問をぶつけたが返答がない。

「おい、朝美(あさみ)、聞こえるか？」

　そう呼びかけると、ようやく焦燥した声が返ってくる。

「ごめん、そろそろ逃げないと。とりあえず、この現象の原因は先進世界じゃないけど、この現象が原因で先進世界が秀渡(ひでと)君を狙ってるのは確かだから。気を付けてね」

　それから一呼吸置いて、朝美の言葉が続いた。

「……統合計画をやめさせるって秀渡君と約束したから、私も色々手を尽くしたんだけどね。でもダメだった。自然の統合現象が始まったら、先進世界の方針を変えるのはもう無理、……今更謝っても仕方ないことだけど謝っとく、ごめんね」

　謝罪を早口で言い終えると、前触れなくプツンと音声通話が打ち切られた。もう一度掛け直したが通じない。

最後の朝美はかなり焦っていた。本当に危険が迫っているのかもしれない。聞きたいことはまだ山ほどある。何とかして合流しないと。

次の駅に停車すると、俺はすぐに降りて反対側のホームで逆方向の電車を待つ。とにかく、さっきの駅に戻ろう。

逆方向の電車が来た。慌てて乗り込み、発車を待つ。しかし、いつまでも動かない。ドアが閉まる様子もない。乗客がざわつき始めたところで、車内アナウンスが響いた。

『……えー、ご乗車中のお客様にお知らせします。次の駅で人身事故が発生したため、現在、この電車は発車を見合わせております。現在状況確認を行っているため、しばらくお待ちください。お急ぎのところ、誠に申し訳ございません。繰り返します……』

淡々と、事務的な、言い慣れた感じのアナウンス。

悪寒が脊髄を貫く。

汗は出ないのに、吐息だけが無性に荒くなる。心臓が俺を焦らせるように脈打つ。じっとしていられなかった。

停止したままの電車から飛び出し、改札を出て、朝美と別れた駅までの道程を駆け抜けていく。不思議と疲労は覚えない。全身に衝動が宿っていた。今の俺を動かしているのは、筋肉でも血液でもなくて、根拠のない恐怖だった。

線路を視界の脇に置きながら走り続けていると、ようやく駅が見えて来た。

外からホームの様子が何となく窺える。不自然な位置で停車している電車。奇妙な興奮と恐怖に包まれた雰囲気。怖いもの見たさで集まった野次馬とそれを追い払おうとする駅員の攻防。

突然の運休に苛立つ人たちの群れを掻き分けながら、俺は改札を通り抜け、ホームに降り立った。

停車した電車とそれを覆うブルーシート。

電車の人身事故という、この国ではあまりにもありふれていて、毎日のように耳にする凄惨な単語が、確固たる現実となって姿を現す。

震える足取りで歩みを進める。ホームの端、電車の一両目、つまり現場に近づいていく。

「いや、あれは、飛び込んだっていうか、なんか押された感じに見えたんですよね。だって、あの子、背中からホームに落ちて行ったんですよ。飛び込みなら、普通前を向いたままですよね？　え？　誰が押したか？　結構人が居たんでそこまでは……」

駅員が客の一人から話を聞いていた。その会話が耳に入った。

状況なんてどうでもいい。問題は、被害者が誰なのか、だ。

その時、駅の構内に迷い込んだ一陣の突風が、ブルーシートの一角を剥がした。もし風神が実在するとしたら、それはきっと相当性格の悪い、悪趣味な奴に違いない。

こうやって、悲惨な現場を露わにするのだから。

そう、一瞬だったが、俺はブルーシートの内側が見えてしまった。

ひびが入った電車のフロントガラスに、赤いペンキの缶をぶちまけたようにべったりと付着した血液。そこから視線を下げると、電車の車体と線路の間から覗く、何かの存在に気付く。電車に正面からぶつかってふっ飛ばされた後、丁寧に車輪でひき肉にされたのだろう。ほとんど原形を止めていないが、肉塊に塗れつつも僅かに残った衣服は間違いなく……。

………………。

「うわ！　ど、どうしたの？　秀渡」

俺の胸の中で朝美が喚いている。

デートを終えた俺たちは徒歩で自宅に戻る途中だった。

「……いや、悪い」

謝りつつもやめるつもりはなく、より強く朝美を抱き寄せた。か細く、柔らかく、俺の全身で包み込んでしまえる。

「も、もう、いきなり恥ずかしいんですけど。その、事前に、ちゃんと、言ってくれれば、私だって、受け止める準備ってもんが……」

「……悪い、……ほんと悪い」

冷え切った俺の心を温めるため、朝美（あさみ）の体温を感じ取る。再度、朝美の成分を補給する。

大丈夫、ここにいる。生きている。脈も呼吸もある。このオシャレな服も血で汚れてなんかいない。綺麗（きれい）なままだ。

うん、落ち着いた。落ち着いたことにする。

俺はゆっくりと、朝美を放す。

「ど、どうしたの？　なにかあった？」

朝美が心配そうに俺を覗（のぞ）き込（こ）む。

「……いや、大丈夫だ。悪かったな、嫌な思いさせて」

「べ、別に嫌ってわけじゃなかったけど……」

手を胸の前で組んでモジモジしている。

「なら、よかった。じゃあ、帰ろうぜ」

俺はそっと手を差し出した。

朝美が目を丸くする。

「……え？」

「うん？」

「あ、いや、なんでも。ふ、ふつつかものですが、よろしく、お願いします」

おずおずと伸びてきた朝美の手のひらが俺のそれと重なった。しっとりと瑞々（みずみず）しい肌の感触。弱々しい握力が俺の手を包む。朝美の手は微かに震えていた。もう離さない。

「…………」

こっちの世界で朝美の無事を確認できたことで、ようやく頭を働かせる余裕が生まれた。

先進世界の朝美の伝言が真実だとすれば、またなんかの計画が進行していることになる。

しかも今度は統合ではなく、もっと別の方針があるようだ。『あの』朝美は何て言ってたっけ？

狙われているのはあなた達、とかなんとか。

『この』俺と、朝美ってことか？　先進世界から送り込まれた跳躍者が、俺たちを狙っている？

俺が狙われるのは理解できる。俺はあいつらと同じ跳躍者だ。しかも、理屈は分からないが俺がいると統合計画の邪魔になるらしい。だから排除しようとしても不思議じゃない。

でも、朝美が狙われる理由はなんだ。

そもそも狙われているのは、『どの』朝美だ。さっきの世界の朝美は確実に殺されている。じゃあ、今、俺と手を繋いでいる『この』朝美は狙われないのか。それとも、『全ての』朝美がターゲットなのか。

……ダメだ、情報が少ない状態じゃ何も分からない。なんとか先進世界の朝美と連絡が取れないものか。

ちらりと、『この』朝美に視線を送る。

恥ずかしそうに下を向いたまま、俺に引っ張られるがままになっていた。先進世界の朝美が移動してくる様子はない。

とにかく、今は『どの』朝美だろうが、守ることに集中しよう。

……そう誓った矢先だった。

朝美が、腹から内臓と血を吐き出しながら倒れたのは。

「……え」

それは俺も、被害者の朝美自身ですら予想だにしていない展開だった。

向かい側から歩いてきた帽子を目深に被った通行人が、すれ違う瞬間、カバンから剥き出しの包丁を取り出して、躊躇いもせずに朝美に突き立てたのだ。アスファルトの歩道に血の花が咲き誇り、その中央に朝美が倒れる。

二度と離さないと誓ったばかりのその手が、するりと力なく抜けていく。

「……あさ、み？」

通り魔が走り去る足音だけが耳元でこだまする。朝美の断末魔の悲鳴は聞こえない。凶刃はそれすらも許さなかった。

俺は反射的に、朝美の腹部の刺し傷を押さえた。しかし、人間というゴムの袋に空いた穴からは、心臓という名のポンプに押し出された血液が止めどなく溢れ出てくる。それを俺の両手で押さえるなど、噴水にザルで蓋をするようなものだ。

命の燃料が漏出していく。その温かさは、朝美から体温が去っていくことを意味していた。

あっという間に朝美の瞳孔が開かれ、魂が消失する。

人間がただの肉になる。物言わぬ肉塊だ。

「あ、あ、あああ、」

吐き出しそうになった嗚咽(おえつ)を奥歯で噛み締(かし)めて、嚥下(えんげ)する。

絶望するな。そうだ、朝美の死ぐらい、これまでにも見たことはあるはずだ。

そうやって自分を鼓舞した。

あるいは誤魔化(ごまか)した。

4

今足りないのは情報だ。

俺の唯一の情報源である先進世界の朝美が、再び俺の前に現れる気配がない。あいつも逃げ回っているのだろうか。いつやって来るか分からない人物をいつまでも待っているわけにはいかない。

ならば、こちらも情報収集の手を広げよう。

そう考えた俺は、とある並行世界に移動しようと『扉の世界』にやってくる。白い世界を埋めつくす、無限の扉を見まわして気づいた。

「……やっぱ、扉が、減ってる？」

とても数える気にならないほど多いが、それでも扉は減少していると感覚的に理解してしまった。扉の表面の色も、より多数の色が交ざり合っているように思える。

統合が進んでいる。

何が起こっているのか分からないが、一刻も早く先進世界の目的を明らかにしないと。

決意とともに、一つの扉の奥へと進む。

この世界の『俺』は、自室にいた。両手に携帯ゲームを持っている。机の上には教科書とノートが開きっ放しになっているところを見ると、勉強に飽きて気分転換のつもりが思わず熱中してしまったのだろう。この世界の『俺』も、俺と変わらない。

ゲームを置き、代わりに『俺』のスマホを取り出してチャットアプリの履歴や電話帳を調べてみる。

友永朝美(ともながあさみ)の名前がないことを確認する。同期した『俺』の記憶の中にも、朝美は登場しない。ここはそういう世界だ。俺は、友永朝美と幼なじみじゃない。友永朝美はスパストのセンターであり、そして『俺』との接点は一切ない。

　こういう時、先進世界はどんな手を打って来るのだろう。何もしないのか、あるいは朝美の代わりに、この世界にいる『俺』の大事な人を狙うのか。

　そう考えると、家族が心配だ。

　俺は自室から飛び出して、一階のリビングに向かった。そこにはソファに座って、ホットミルクを飲んでいる樹里(じゅり)がいた。チャームポイントのツインテールを解(ほど)いてラフな格好をしているせいか、いつもより大人(おとな)びて見える。

　ここは友永朝美が登場せず、樹里が義妹(いもうと)となっている世界だ。

「あれ、秀にぃ、まだ寝てなかったんだ」

　樹里がスマホから一瞬だけ視線を持ち上げてから、また手元に落とす。

「あ、ああ。母さんたちは？」

「もう寝てる」

「そっか」

　俺は樹里の脇を抜けると、速足で玄関に向かって戸締りを確認する。

　大丈夫。こっちの窓は？

「どしたの？　今日はバカに心配性だね？」

　樹里が俺の奇行に首を傾(かし)げる。

「最近物騒だからな。お前の部屋もちゃんとカギ閉めとけよ」

「ああ、うん。気を付けるけど……」

　思いっきり不審な目で見られてしまった。こっちは心配してやってるのに。

「用がないならさっさと寝とけ」

「……秀にぃ、大丈夫？　なんか、目が怖いよ。据わってるって感じ。辛いことでもあったの？　悩みがあるなら相談に乗ってあげてもいいよ」

　樹里が俺を見上げる。その幼い顔つきで、精一杯頼りがいのある人間の表情を演じていた。

　いつもは憎まれ口を叩く癖に、今日に限って優しくしてきやがる。どうせ、何もできないくせに。

「……お前には関係ないことだ。さっさと寝ろ。余計な心配すんな」

「するよ。家族だもん」

　俺の忠告に、樹里はケロッとした顔で反論する。

「そうだ、ホットミルク作ってあげるよ。落ち着くよ」

　俺の返事も聞かずに、ぴょんっと立ち上がった樹里はキッチンに直行する。

「作るって……。ただ牛乳を温めるだけじゃねえか」

「あはは。だよねー。でもいいじゃん」

　なにがいいんだ？

樹里は冷蔵庫から牛乳パックを取り出すと、鼻歌を歌いながら俺のコップにトポトポ注いでいる。

未だに、脳裏には朝美の死体が鮮やかに蘇ってくる。俺を責め、糾弾するように。

そのせいでどうしても神経が尖り、意識が周囲に散ってしまう。微かな物音でさえ、先進世界からの曲者ではないかと過敏に反応してしまう。

そうした時、俺の神経を逆なでするように、キッチンから再び樹里の声が響いた。

「ね、覚えてる？」

「なんのことだよ」

「ほら、私がまだこの家に来たばかりの頃さぁ、寝付けない私に、秀にぃがこうやってホットミルク作ってくれたじゃん。その時、私もさっきの秀にぃと同じこと言ったんだよ。『ホットミルクなんて牛乳を温めるだけじゃん』って」

そんなこともあったのか。どうでもいいことだ。

正確に言えば、俺ではなくこの世界の『俺』がやったことだが。だが同期した『俺』の記憶を探ってみても、該当の場面は見つからない。きっと『俺』にとっても大して印象に残っていないエピソードなのだろう。

「秀にぃってば、『いいから飲め、落ち着くぞ』なんて無理矢理押し付けて来たよね。仕方なしに飲んだら舌を火傷しちゃったこと、まだ覚えてるんだからね」

「だからなんだよ。今更、昔の恨み言を言われたって困るんだが」

「ふふ。恨み言じゃないよ、感謝してるんだよ」

「……は？」

「秀にぃは覚えてないかな。その時の私は、今の秀にぃみたいにイライラしてて、『あんたには関係ない。余計な心配するな』みたいなこと言ったんだよ、あと『私の気持ちなんて分かりっこない』とかも言ったかな？」

黒歴史を自らほじくり返して、ちょっと照れくさそうな声。

その時の思い出は『俺』の中にもあった。

中学に入学したばかりの樹里（じゅり）が両親を亡くし、我が家に養子に迎え入れられた頃。放課後になっても全然帰ってこなかったり、家出を繰り返したり、深夜を回っても起きていたりと、なかなかの不良娘だった。年頃の娘が突然両親を失い、ほぼ初対面と言っていい親戚の家に引き取られたのだから、そうした素行もやむなしだが。

『俺』はそんな樹里を見かねて、色々と世話を焼いていた。ホットミルクもその一つだったんだろう。

「全部、秀にぃのお陰だよ。こんな可愛（かわい）くない義妹（いもうと）のために、お節介を焼いてくれたから」

その、樹里の声は、緊張するように少しだけ上擦（うわず）っていた。

「……あの時、頭の中がグチャグチャだった私に、『家族なんだから心配するのは当然だろ』って言ってくれて、ありがとう」

まさかそんなストレートな感謝の言葉が樹里の口から出るとは思わなかった。

ふとキッチンの方を向いたが、樹里はこちらに背を向けて、カップの入った電子レンジを操作していたため、その表情までは窺（うかが）えなかった。でも、その耳は赤く染まっている。

「だからさ、秀にぃ、私だって心配するよ。家族なんだから」

背を向けたままの樹里の言葉。

だがそれは鋭く、俺の胸を刺す。

「何か、あったんでしょ？」

強張（こわば）っていた俺の筋肉が急にほぐれていくようで立っていられなくなり、ソファにどっと座り込んだ。

ったく、俺は何をやっていたんだ。並行世界の妹にこんな心配かけて。八つ当たりまでして。大馬鹿野郎だ。十秒前の俺を殴り倒したい。悲劇のヒーローぶってんじゃねえぞ、俺。

何の解決にもならないと分かっていても、それでも相談することでなにか変わるかもしれない。少なくとも、俺みたいな人間が背負うには重すぎる荷物を、少しだけ降ろすことが出来るかもしれない。

ピロリロリーンと、電子レンジのチャイムが鳴る。ホットミルクが出来上がったようだ。

俺はソファに座りながら、ゆっくりと深くため息を吐く。

「樹里、ありがとな。あまり詳しいことは話せないし、たぶん、話したって理解できないだろうけど、それでも聞いてもらえるか？　ちょっと長い話になるけど」

「……え？　あ、うん。いいよ。今、そっち行くね」

もう深夜だ。流石に眠気が来ているのか、樹里の返事がワンテンポ遅れる。

やっぱり、明日にするべきか。そうしよう。

「あっ、眠いんだったら、別に明日でも……」

そう言って俺が振り返るのと、足音を忍ばせて近づいて来た樹里が、包丁を振り上げたのがほぼ同時だった。

……そう、包丁である。出刃包丁。普段、母さんが料理に使う包丁で、最近刃こぼれが酷いのよねなどと嘆いているそれだ。

鈍い色を放つその包丁は肉食獣の上顎の如く、高く振り上げられていた。その振り下ろす先にまな板はなく、あるのは俺の身体だけだった。

考えるよりも先に身体が動いたことを、まず自分自身で褒めたい。もしそのまま呆然としていたら、奇襲を回避できる最後の好機を逃していたところだ。

俺はソファを転げるように降りてから、ソファを挟んで樹里と対峙する。そこでようやく思考が現状に追いついた。

「お、お前、何やってんだ！　質（たち）の悪い冗談はやめろ。危ないからさっさとキッチンに戻してこい！」

俺の必死の訴えなど聞こえないようで、樹里は無表情のままため息を吐（つ）く。

「うわぁ、失敗しちゃった。あの不意打ちを見破られるとか、ちょっとショックー」

まるで隠していた仕事のミスが店長に見つかったアルバイトのような口ぶりだった。

「ドッキリのつもりか？　はは、流石に悪趣味過ぎるだろ。母さんに怒られるぞ」

「……何言ってんの？　はあ、こっちの湯上秀渡（ゆがみひでと）は悲しくなるくらい察しが悪いね」

気怠（けだる）い表情をしながら呟（つぶや）く。

それは俺が見たことのない樹里の顔。自分以外の全てを見下す、冷え切った視線。特に俺に向ける視線は、絶対零度くらいの冷たさを持っている。

……こいつは、一体誰だ。

さっきまでの『樹里』じゃない。絶対に違う。

キッチンでホットミルクを作っている間に、別の人格に乗っ取られたとしか考えられない。

嫌な予感が脳裏を過（よぎ）る。

恐る恐る、問いかける。

「……お前、先進世界の樹里か？」

乾燥した喉が張り付き、老人のように干からびた声が出た。

「先進？　私たちの世界のこと？　まあ、好きに呼べばいいけど……。私は宮沢樹里(みやざわじゅり)。ああ、こっちだと湯上(ゆがみ)の姓になってるんだっけ？　どうぞよろしく」

宮沢、伯父(おじ)夫婦の姓だ。

樹里は飄々(ひょうひょう)とした雰囲気で、包丁を弄(もてあそ)んでいる。

「……お、お前、俺を殺す気だったろ。義理の兄貴だぞ。少しは躊躇(ためら)えよ」

「はあ？　そんなの知ったこっちゃないんですけど。っていうか、その顔と姿で気持ち悪いこと言わないでくれない？　鳥肌立っちゃう」

「お前の知っている『俺』がどうだろうと、お前が『こっち』の樹里と同期したなら……」

「私たちは、並行世界の自分に感化されないように訓練を受けてるの。『私』がどう感じていようが、私の心はこれっぽっちも動かされないから、残念でしたー」とペロッと赤い舌を出して俺を小馬鹿にする。

微塵(みじん)も可愛(かわい)げを感じない。ただ不快で、苛立(いらだ)つばかりの仕草だ。樹里の顔であることが、余計に恐ろしい。ゾクリと背筋が凍る。

「お前らは、まだ並行世界の統合なんてことを考えてるのか？」

「さあね。私は上の意向なんて知らないし、ただ任務をこなすだけ」

「その任務が、俺を、殺すことなのか？」

「うーん、ちょっと違うかな。殺すことは目的じゃなくて手段だからね。任務の最終目的は、私たちの世界にあんたを連れ帰って、その力を利用させてもらうことだから。その手段として、あんたを脅かしたり、あんたに関わる色んな人を殺してるってだけ」

「……じゃあ、前の世界で朝美を刺し殺したのは……」

「うん、私がやった。今頃、『あっち』の世界の私は警察に捕まって真っ青になってるかもね、あはは、想像したらちょっとウケる」

悪戯が成功した悪ガキのように声を上げて笑う。

「……並行世界だとしても、捕まったのは『お前』なんだぞ。よくそんなことができるな」

「そう？　並行世界の自分なんて他人と変わらないよ。それに最後にはぜーんぶの世界が一つに統合されるんだから、その過程で何が起こったって問題ないでしょ。身に覚えのない罪で捕まろうが、突然殺されようが何もかも無かったことになるんだよ？」

こいつは、俺の知っている樹里じゃない。もう根本的に違う存在だ。まるで異常先輩のようだ。

だが、それは俺にとってありがたくもあった。こいつは樹里と同じ顔をしていても、樹里とは違う存在だと認識できた。はっきりと、俺の敵だと思えたから。

「んで、そろそろ諦める気になった？　どうせ私たちからは逃げられないんだから、さっさと諦めて言うことを聞いた方が互いに楽だと思うけどね」

包丁を突き付けて脅してくる。

「冗談」鼻で笑ってやった。俺の、精一杯の強がりだ。「むしろお前のお陰で、ますますやる気が出て来た。お前たちの計画は絶対にぶっ潰すっていうやる気が」

「あっそう。じゃあ、まだ続けるつもりなんだ。ならせいぜい頑張ってね。無駄な努力だと思うけど」

「それはどうかな。少なくともこの世界ではお前は不意打ちに失敗した。俺の勝ちだ」

俺は挑発するために口角を持ち上げた。

「それとも力任せに、包丁を振り回してみるか？　だが、今のお前は、中身はどうあれ、肉体的にはただの女の子だ。いくら俺でも真正面からの喧嘩で負ける気はしないがな」

まあ、相手は包丁を持っているわけだが。それでもやってやれないことはない。体格的に俺の方が圧倒的に有利だ。この世界の樹里の身体を傷つけることになるが、殴るなり蹴るなりして屈服させることは可能だろう。死にはしない。

両手で拳を握り、見様見真似のボクシングスタイルで構える。

俺の闘志を前にした樹里は右手で顔を覆うと、天井を仰いだ。

そして、笑い声を高らかに響かせ始める。冷たい笑い声が、温かい家族のだんらんを生むリビングを踏み荒らしていく。

「あっは、は、あはははは。本気で言ってんの？」

「……え？」

「ここまでバカだといっそ清々しいよね。この人、本当に私の親戚なのかな？　うわ、そう思ったら嫌になっちゃう」

散々笑った後、樹里は俺に向かって別れの手を振る。

「……じゃ、また会おうね。『秀にぃ』」

最後の一瞬だけ、声色を俺のよく知る樹里のそれに寄せた。

そして、逆手に握った包丁を、自らの腹に突き立てた。包丁の鈍い色の刃が、樹里の腹部に吸い込まれ見えなくなる。刃が引っ込むギミックを持つ玩具ナイフのような挙動。だがそれは俺の願望交じりの錯覚だ。それが過ぎれば、現実が容赦なく俺を責め立てる。

鈍色の刃が、樹里の肉体に突き刺さったという紛れもない現実。

「あ、れ？」

樹里の顔が、今までの樹里に戻る。夢から覚めたばかりの、キョトンとした顔。その顔が俺を見て、そして背後へ倒れていく。

間欠泉のように吹き上がった赤い飛沫が、フローリングに雨の模様を作る。

鼻を突く、生臭さ。

「……ひで、に……ぃ？」

駆け寄った時には遅かった。樹里の目から光が遠のいていく。『この』樹里は、なぜ自分が死んだのか知りようが無い。キッチンに入ってから意識が途切れ、取り戻した時にはもうこのような状態だ。己の不幸を呪うことすらできず、状況を理解する前に死ぬ。まさか並行世界の自分に殺されたとは、思考の片隅にも過らないだろう。

「樹里、樹里ッ！」

どれだけ揺すっても、その瞳に光が灯ることはない。抱えた華奢な身体から、血液と魂の重さが抜けていくのを感じた。

義妹の亡骸を前にして、俺は敗北の味を噛み締める。

その味は塩辛かった。涙の味だ。

俺は最初から負けていた。樹里を人質に取られていた時点で、俺に交渉の材料などなかったんだ。

逃げても逃げても、あいつらは追って来る。先進世界の樹里の言葉を信じるなら、「俺の心が折れるまで」、俺の大切な人を容赦なく傷つけ続ける。

ピキリと、心にひびが入る音が聞こえた。

……ダメだ、耐えろ。まだだ。まだ心を折るには早すぎる。

逃げるんだ。

逃げ続けるしかない。いつか、反撃の時が来るまで。

そう何度も繰り返し、自分に言い聞かせる。

それが単なる自己暗示でしかないことは、俺自身が一番よく分かっていた。

5

こうして、並行世界を廻る壮大な現実逃避が始まった。

俺が逃げ、先進世界の跳躍者が追ってくる。

どんなに幸せな世界も、彼らが来るとすぐに滅茶苦茶にされてしまう。被害者は朝美や樹里だけには止まらなかった。

陸上部の練習で街中を走っていた玲央奈が、信号無視したトラックに追突されて轢死した。中学生の益田さんが俺とのデートの日に、自宅で起きた火事に巻き込まれて焼死した。バスケ部顧問の晶子先生が夜間の残業中に学校のプールで溺死した。転校生のエルダが、母国ドイツに帰省するために乗った飛行機で原因不明の爆発事故が起きて墜落死した。生徒会室で俺と仕事をしていた陽菜乃先輩がトイレに行くために席を外したところ、なぜか校舎の屋上から転落死した。

俺が逃げた先々で、無数の不幸と死が振りまかれた。

樹里を始めとする先進世界の跳躍者たちは、並行世界で何が起ころうが心を痛めない。

だからどれだけ残虐なことも平気な顔で引き起こした。

いずれ世界は一つになると信じている樹里たちにとって、並行世界で何が起ころうが知ったことではないのだ。ＲＰＧで主人公や仲間が何回死のうとも、そのことにショックを受けるプレイヤーなどいないのと同じこと。

いつの間にか、俺は反撃のチャンスを待つという言い訳を重ねることで、先進世界と戦うことを諦めていた。

そう、たとえ何が起こっても逃げればよかった。先進世界がやってくるまでの、ほんの一時の安らぎを得るだけで満足するようになった。

誰かが死のうとも、別の扉を開けばまた別の誰かがいるのだから。

そんな風に刹那（せつな）の幸せを摂取し続ける。

また、新しい扉に向かう。『扉の世界』から扉が減り続けていることについては、考えないことにする。

扉の向こうでは、温かい幸福の記憶に抱きしめられる。この世界の『俺』の幸せを追体験する。

砂漠に降った一滴の雨粒のような幸福を、渇き切った口内に迎え入れる。

甘く、冷たい、命の水。

ああ、これで、また俺は生きて居られる。先進世界が来るまでは。

「……あ、れ？」

ふと、脳裏に過った思い出の数々に既視感を覚えた。

ここは初めて来た世界じゃない。経験済みだ。そして二度と来ないと決めたはずの世界。

視界に焼き付いた、あの光景。この世界に刻まれた深い傷跡の情景。

スポットライトの真下で転倒する朝美の姿が、生々しく思い返される。そう、あの時、朝美がステージ上で転倒し疲労骨折と診断され、全国ツアーの降板が決定的となった世界。

朝美がアイドルを辞めることを決意し、俺がその現実から目を背けた世界だ。

嫌な世界に来てしまった。

どうせ逃げるなら、もっと明るい世界にすればよかった。

目を閉じて、扉の世界に戻ろうと思った。

だけど、同期された記憶の中に、俺が逃げた後の光景が見えた。当たり前のことだが、俺が逃げ出した後もこの世界は続いている。そこには俺の想像していなかった景色が広がっていることに、まず驚く。

「……まさか、こんなことが？」

同期したその記憶が事実なのか確かめようと、スマホでニュースサイトを遡る。

『センター、華麗なる復活！』『降板と思われたセンター、意外な形でライブに復帰』『危ぶまれたスパスト全国ツアー、無事に千秋楽を迎える』

スパストの全国ツアーの成功を称える文字が躍っている。

そしてそのニュース記事で掲載されていた写真には、ライブ会場で踊る朝美の姿があった。花弁のようなフリルに彩られたステージ衣装に身を包んでいるが、これまでと決定的に違う点、それは車イスに座っているというところだ。一般的な車イスではなく、パラスポーツで見るような、軽量化され機動性に優れた物のようだった。

『疲労骨折により全国ツアーの降板が噂されていた友永朝美だが、療養期間中に車イスによるダンスを学び、ツアーのライブでセンターを飾った。毎回奇想天外なライブパフォーマンスでファンを魅了するスパストだが、センターの車イスのダンスにはファンも驚きと喜びを隠せない様子である』

動画投稿サイトの公式チャンネルには、その時のライブの映像の一部が公開されていた。

そこには、車イスに座った朝美が車輪を回しながらステージ上を意気揚々と動き回り、社交ダンスのようにほかのメンバーと手を繋ぎながら、華麗に舞う姿が映っている。

「……はは、マジかよ、あいつ」

思わず、笑ってしまった。

あんなに落ち込んでいたくせに、自力で立ち直ってる。

しかし記事を深く読み進めると、立ち直ったどころの話ではないことが分かった。

朝美が披露した車イスによるダンスは、既存のファンから新鮮な驚きとともに受け入れられただけでなく、これまでアイドル業界とは縁遠かった層からも注目を浴びる結果となった。車イスで日常生活を送る高齢者や身体にハンディキャップのある人たちである。

全国ツアーを無事に終えた後も、朝美はこうした人たちの支援団体や施設との交流を積極的に行っていた。朝美が車イスに乗った高齢者と一緒にダンスをしている映像が様々なニュースサイトに掲載されている。

こうした取り組みは芸能ニュースの枠を超えて、社会面のニュースとしても広く報道され、新しいファン層への獲得に繋がったようだ。

いくつかの老人ホームでは、車イスダンスのアレンジ版をレクリエーションとして取り入れるようになった。また、夕方の公共放送ニュースで、米寿を迎えたお婆ちゃんが「あたしゃ死ぬまで朝美ちゃん単推しだよ」とうちわを掲げた場面の切り抜き画像が、可笑しいけどちょっとほっこりすると、ネット上で大バズリした。

こうして朝美は、正真正銘の国民的アイドルとなっていた。

……そうだ、やはり、これが友永朝美だ。

あの時、あれだけ落ち込んで、もうアイドルなんか辞めると俺に向かって泣き言を漏らしても、華麗に復活している。俺が逃げ出した世界で、これまで以上にトップアイドルになっている。

ははと、笑い声が口から洩れる。久しぶりに、心から笑えたような気がした。

本当にこいつには敵わない。俺がどれだけ自分の可能性を探していても、あいつが持っているスター性の輝きには勝てない。

久しぶりに気分が軽くなったところで、握っていたスマホに朝美から着信が入る。

「朝美か」

「あ、秀渡？　よかったぁ、連絡繋がって……」

壊れかけていた心に、朝美の声が染み渡る。

しかしその後に続いた朝美の言葉に、俺の精神は冷や水を浴びせられた。

「ねえ、どうなってるのこれ？　何が起きてるの？」

動揺した声。ふざけてないことは分かる。

「おいどうしたんだ？　説明しろ」

「せ、説明って言われても。何もかもが変なの。一個一個挙げてたらキリがないよ。なんかおかしなことに巻き込まれちゃったみたいで……」

背筋を冷たい何かが這う。

俺は何をぼんやりしているんだ。ここにも跳躍者がやってくるに決まってる。トップアイドルとして更なるステージに立った朝美を亡き者にしようと、すでにその手を伸ばしているはずだ。

目の前にかかっていた霧が晴れたような気がした。俺は俺を取り戻す。闘志が再点火されたのを感じた。

俺が一度見捨てた世界で朝美（あさみ）は成功を収めたんだ。また見捨てるわけにはいかない。

今度こそ、朝美を守るんだ。

「とりあえず落ち着け。危険なものとか、怪しいやつとか近くにいないか？」

「う、うん、それは平気。ライブ会場の控室に一人きりみたいだから。で、でも、なんでこんなことに？　どうして私、こんなところにいるの？」

今すぐ身の危険が迫っているわけではなさそうだ。少し安心する。相変わらず、朝美が何に怯（おび）えているのかは不明だが。今の朝美の様子だと、どれだけ時間を置いてもうまく説明できないだろう。

調べたところ、今日の夕方にスパストのライブがあるようだ。今、朝美がいる場所はその会場だ。

「分かった。今すぐお前んところに向かうから、その場から動かないでじっとしてろ。いいな？」

「……わ、分かった。なるべく早く来てね」

名残惜（なごり）しそうな朝美との通話を断腸の思いで切ると、俺はすぐに動き出す。

ライブ会場までの道のりは知っている。これまでにも何度かスパストのライブで使われたハコ（会場）で、俺も行ったことがあった。

電車の乗り継ぎを意識することもなく、俺の足は自然と最寄り駅で降りて、会場のすぐそばまでやってきた。すでに会場入りするファンの行列ができている。その群衆を構成する、老若男女の多様な姿が朝美の現在のファン層の厚さを示していた。

「おや、わたし、なんでこんなところにいるんかいねえ」「やだ、お祖母ちゃんボケちゃったの？　朝美ちゃんの応援に行くんだーってあんなに張り切ってたでしょ」「朝美、ちゃん？　誰のことだっけねえ？」

そんな祖母と孫娘のやり取りを横目に、俺は会場のスタッフ専用通路へと向かう。

あ、そういえば、通行証って持ってたっけ？　……うん、ないな。

後悔したってもう遅い、当たって砕けろだ。その精神で通路を走り、会場の裏口までたどり着いたが、どこにも警備員の姿が見えない。いくらなんでも不用心だ。

まさか、先進世界の跳躍者が、何か工作活動をしたのだろうか。

最悪の想像が、俺の足を走らせる。幸いと言っていいのかわからないが、会場内のスタッフは誰もがトラブルに直面しているようで、俺に構う様子もなかった。

「どうして照明さんが来ないんですか？」「あれ、今日って、スパストのライブでしたっけ？」「ヤバイヤバイ、スパストのメンバー全然揃ってないじゃん。こんな状態でライブ始められんの？　朝美ちゃんもなんかおかしくなってるし」

不穏な空気が流れているが、この混乱のおかげで俺は咎められることなく、朝美の待つ控室まで辿り着けた。

乱暴にドアを開けると、部屋の隅っこで小動物のように小さくなっていた朝美(あさみ)が、俺を見て顔を輝かせた。

「うああぁん、秀渡(ひでと)ぉ。よかったよぉお」

よっぽど心細かったようだ。迷子の子供がようやく両親と再会できた時のように、俺のもとに駆け寄ってくる。

「無事でよかったけど、安心するのはまだ早いぞ。どうもあちこちでトラブルが起きているみたいだ。何が起きたのか簡潔に説明できるか？」

俺の胸の中で朝美が首を左右に振る。

「私にもよく分からないの。気が付いたらこんなところに居て、ライブまであと一時間だってマネージャーさんに言われて、もうびっくりだよ」

「……それで？」

「パニックになっちゃったから、一旦マネージャーさんには控室から出て行ってもらって、秀渡に電話して、そして今までこの部屋にいたの」

うん？　今の話では、先進世界の影も形も見えないぞ。

「おいまて。お前の命を狙う輩(やから)は？　不審者とか居たんじゃないのか？」

「い、いないよ！　なんでそんな物騒なこと考えてんの」

逆に驚かれてしまう。

「じゃあなんで、お前はそんなに怯えてるんだよ」

「だ、だって、私、とっくにアイドルは辞めてるのに。どうして、まだ続けてることになってるの？」

……あ。そういうことか？

バラバラだったパズルのピースがぴたりとはまる。

「えーっと、一つ確認するが、お前は前回のライブで転倒した後に、アイドルを引退したんだな？　その後、車イスでライブに参加したり、老人ホームで年寄りたちと一緒に車イスダンスもしたことはないんだな？」

「車イス？　な、ないよ、そんなこと」

戸惑いに揺れる朝美の虹彩を見て、俺はようやく理解した。

並行世界の統合が起きていた。

水族館で、朝美が急に俺をストーカー呼ばわりした時と同じ現象。俺の目の前にいる朝美は、『この』世界の朝美じゃない。アイドル引退を決意し、そしてそのまま復活することなく終わった世界の友永朝美。こっちとは全く違う道を歩いていた朝美だ。普通の女の子に戻ったはずなのに、いきなりこんな世界に連れてこられたらビビるに決まってる。

たわけだ。

会場の内外で起こっていた色々なトラブルも、並行世界が融合したことによる混乱だっ

「なんだ、そういうことかよ」

ひとまず先進世界の魔の手が迫っているわけではないと分かると、どっと全身の力が抜け、俺は近くにあった手ごろなイスに座りこんだ。

「ちょ、ちょっと、どうしてほっとしてるの⁉」

「悪い。お前もびっくりしただろうけど、ものは考えようだ。別の自分を知るいい機会かもしれないぞ」

「別の自分？」

困惑する朝美に、俺は並行世界の存在をかいつまんで話す。

すぐには信用できない様子だったが、俺がスマホで『こっち』の朝美の活躍を記したニュース記事やネットの反応を見せると、少しずつ飲み込み始める。

「う、うそ、私が、こんなことを？　信じられない」

車イスでのライブパフォーマンスをする自分を食い入るように見つめる。

「ほら、自分のスマホ、見てみろよ」

俺が促すと、朝美はテーブルに置かれた自分の、正確には『こっち』の世界の自分のスマホを恐る恐る手に取った。そしてその中に収められたデータを開き、眺める。そこに映

っているのは、ニュースやファンが撮影した映像ではなく、『こっち』の朝美が自分のスマホで記録した、プライベートの姿だ。

車イスのダンスを練習している様子、ライブ前後のスパストメンバーとの交流の光景、全国ツアーを終えた後に様々な施設を訪問した際の映像。

「お前はアイドルを諦めたかもしれないけど、こっちの世界のお前はもう一度立ち上がったんだ。すげえよ。あの転倒があったから、あの時以上のトップアイドルになるなんてさ」

朝美が目を皿のようにする。

「…………ほんとだ。全国ツアー、すごい楽しそう。ファンも、スパストの皆（みんな）も喜んでる」

アイドルを辞めてから『この』朝美に起こった出来事を、俺は知っている。ついさっきまで気づかなかったが、『この』朝美と同じ世界にいた『俺』の記憶も、俺は同期していたようだ。

俺に流れ込んできたその記憶を、引っ張り出す。

朝美の引退宣言は、当然ながらいろいろな波紋を呼んだ。アイドルという仕事を無責任に投げ出したという誹謗（ひぼう）中傷は少なからず、というかかなりの数があった。ただ、事務所は朝美の意思を尊重してくれたようだ。引退のきっかけとなった朝美の疲労骨折は、スケジュール調整ができなかった事務所の責任であると発表している。

そのおかげで、朝美へのバッシングは減少する。そして、これまでスパストのナンバーツーだった女の子がセンターに起用され、スパストは再出発した。以前ほどの勢いはないが、安定した人気を保っている。

一方、朝美は普通の女の子に戻った。もちろん、引退後も周囲の好奇の視線に晒されたり、マスコミの追っかけもあったりと、全てが元通りというわけにはいかない。元アイドルという肩書は、まるで烙印のようだ。

「……あはは、なんか、ちょっとほっとしたかも。私の場合、最後まで皆に迷惑かけちゃったから。……こういう世界もあったんだね」

朝美は目を細めて、アイドルを辞めていなかった自分を懐かしむように眺めている。スマホを見つめるその目には、うっすらと涙が浮かんでいた。

「……あ、悪い」

「ん？　なんで秀渡が謝るの？」

朝美が目元を軽く拭って、俺の方を向く。

「……引退してなかった自分を、知らない方がよかったんじゃないかって思って」

「それって、私にアイドルに未練があるかも、ってこと？」

「まあ、そういうことだな」幼なじみ相手に曖昧な言い方は通じないだろう。「『この』世界を知って、アイドル辞めなければよかったって思わせたなら、悪かった」

「あはは、直球だね。秀渡らしいよ」

朝美の笑みは穏やかだった。

「でも未練なんてないよ。アイドルを辞めてよかったたって、今でも心の底から思ってる」

強がるなよ、と言いかけて口が止まった。

ためらったわけじゃない、本当に今の朝美から後悔の色が感じられなかったからだ。澄み切った青空のような、晴れ晴れとした雰囲気だった。何かを誤魔化す時の、髪を弄る癖も出ていない。

……もしかして、本当に、未練がないのか？

「あ、びっくりしてるね。まー。確かに。そう思われても仕方ないけどね、私がずっとアイドルを目指してたってこと、秀渡が一番よく知ってるもんね」

「それでも、後悔はないのか？」

「ないよ。全く」

あっさりと告げる。まるで自分の夢はその簡潔な言葉だけで片付けられるほど、小さいものだったと言わんばかりに。

なぜそんな風に言い切れるんだ？　あんなに歌やダンスの練習を頑張ってきただろ？　夢を周りからバカにされても気にしないで、熱心に、前向きに、誰の助けも必要としないで……。俺には、そんなお前が……眩しかったのに。

「私が、アイドルを目指してた理由、知ってるかな？」

「昔からアイドルの真似（まね）するの好きだったろ」

「うん、確かに好きだったけど、別に本気で目指そうとは思ってなかったんだよ。誰かさんに『ヘタクソ』って言われるまではね」

「あ」幼い頃の記憶が蘇（よみがえ）り、居たたまれなくなった。居住まいを正す。「その節は大変申し訳ないことを。言い訳になるが、別に本気で言ってたわけじゃない。ただ、あの年頃の子供は、つい心にもないことを言ってしまうものでして……」

気になる女の子の前では、特にな。

「ふふっ」当時のことを思い出し、朝美（あさみ）が微笑（ほほえ）む。「怒ってないから安心してよ。あの時は私も子供だったから、すごいムキになっちゃったんだよね。だから絶対に見返してやろうって思って歌の練習にお母さんを付き合わせて、それで秀渡（ひでと）の誕生日パーティの時にリベンジしたんだよ」

その日のことは、今でも俺の脳細胞に焼き付いている。アイドル友永（ともなが）朝美が生まれた日でもあるから。

「あの時、秀渡から正直に『すごかった』って言われて、自分の努力が報われた気がして嬉（うれ）しかったなぁ」

「本当に上手（うま）かったからな。今だから言うけど、マジで圧倒されたよ。ガキの頃の俺が照れもせずに、うっかり本音を漏らしたくらいだ」

「えへへ、ありがと」綻(ほころ)んだ口元から白い歯を見せる。「私の歌やダンスで誰かを喜ばせる楽しさを子供心に味わっちゃったから、アイドルを目指そうと思ったんだよね」

「……それなのに、アイドルを辞めても後悔してないのか？」

「うん、全然。アイドルを辞める道を選んだのは、私自身だから後悔はないよ。この選択のお陰で、アイドルになりたいっていう夢は私の勘違いだったって気づけたし」

「は？　でも今、歌で誰かを喜ばせたかったって言っただろ？」

「あー。うん、それが、私の勘違いだったっていうか……」朝美が照れ臭そうに微笑み、夕焼けのように赤く染まった頬(ほお)を人差し指で掻(か)いた。

「アイドルを辞めてから一応普通の女の子に戻って、秀渡のただの彼女になって、何のしがらみもなく笑い話して、デートして、手を繋(つな)いで、またしょーもない話で笑って。そんなことをダラダラと続けてたら、私が抱いていた本当の夢がようやく分かったの」

透き通る眼差(まなざ)しが向けられる。

かつてのアイドルの時のようなオーラは薄れ、どこにでもいる女の子として、だけど、たった一人の掛け替えのない存在として、そこに立っていた。

「私は、誰かのアイドルじゃなくて、秀渡だけのアイドルになりたかったんだなって」

そこにいるのは、何の肩書もない友永朝美だ。スパストのセンターでも、国民的アイドルでもない。

普通の女の子のように見えた。

「私の歌を聞かせたいのは秀渡だけ。私のダンスを魅せたいのも秀渡だけ。喜ばせたいのも秀渡だけ。笑顔を見たり見せたりしたいのも秀渡だけ。そんなことにも気づかずに、ずっと、ずーっと遠回りしてた。だけど、アイドルを辞めてからようやく、私は自分の本当の夢を知ったの」

ここにいる友永朝美を、俺は知らない。

これは、本当に朝美なのか。ひたむきに、ストイックにアイドルをやっていた朝美はどこに行ってしまったのか。

朝美の穏やかな視線が、再び手元のスマホに流れる動画に戻った。そこには老若男女大勢のファンに囲まれ、幸せそうに微笑む友永朝美がいる。

「こっちの『私』も、確かにすごいと思う、偉いと思う。こんなに多くの人に喜んでもらえるアイドルになるなんて私自身も思わなかったもん。彼女を否定するつもりはないよ。それでも可哀そうだと思っちゃう。こっちの『私』は、いつまで回り道を続けるんだろう。いつか本心に気づくことができるのかな」

同情的な視線。

　正真正銘の国民的アイドルになった『自分』を憐（あわ）れんでいる。アイドルを続ける『自分』が間違っているとでも言うように。

「って言っても、彼女だってアイドルを続けるって道を自分で選んだんだから、その選択に後悔はしないんだろうね。たとえ私の話を聞いたとしても、彼女は自分の道が絶対正しいって言いそう。『私』が頑固ってことは、私が一番よく分かってるもん、あはは」

　まるで自分のことのように、いやある意味その通りなのだが、そう言って笑った。

　……………正しいとか、間違いってなんだ。

　正しい友永朝美ってなんだ。どちらが正しいなんて、他人が決められることなのか？　決めるのは俺じゃない。それぞれの選択をした、それぞれの朝美たち自身で決めるべきことじゃないのか？

　アイドルを続けた朝美も、辞めた朝美も、どちらも自分の選択に後悔はしない。自分の選択の結果なら、どんな失敗もミスも不幸も、彼女たちは受け入れるだろう。

　俺は、ずっと、勘違いしていたんじゃないか？

　正しい世界とか、間違った歴史とか、他の世界の人間が区別できるものじゃない。その世界に住む人たちそれぞれの選択の結果があるだけだ。自分勝手に決めつけて並行世界を行き来していた以前の俺は、先進世界と同じことをしていたんじゃないのか？

　ああ、そうか、そういうことか。

こんな単純で大切なことに、なんで今まで気づかなかったんだ。俺は本当にバカだ。

……あいつにも、先進世界の朝美にも、このことを教えてやりたい。

そう思った時、ジリリリというけたたましい警報ベルが俺を現実に引き戻した。

「な、なな、なに！」と朝美が慌てふためく。

俺たちは控室の外に飛び出す。廊下はなぜか真っ白な煙で満たされていた。まるで霧のようだ。これが自然発生したはずがない。

「こ、これって、演出用のスモーク？　でも、どうしてこんなところに？」

朝美の言う通り、この白い煙はライブのステージ上でよく使われるスモークのようだ。舞台の袖に置かれた機械から、フシューと勢いよく白煙が噴き出すのを俺も見たことがある。この煙に反応して警報ベルが鳴ったのだろう。

嫌な予感がした。この白煙が偶然発生したとは思えない。見えない敵意が、煙に隠れながら迫ってきているような気がした。

「朝美、手を離すな！」

混乱する人の群れの中、はぐれないように彼女の小さな手を握り締める。

「ね、ねえ、この煙はなんなの？　何も見えないんだけど」「おい、廊下でスモークマシンを起動させたバカは誰だ！　早く止めろ！」「走らないでよ、危ないでしょ！」

突然のスモークと警報ベルのせいで、スタッフの悲鳴と怒声のるつぼだった。

白煙は少しずつ濃度を高めている。広いステージ上で使うスモークを、こんな狭い廊下で噴出させればそれも当然だろう。始めは視界が霞(かす)む程度の薄さだったが、今では数メートル先すら視認できないほどの濃霧だ。確かな感覚は、握った朝美の手の柔らかさだけ。とにかく、安全な場所を探さないと。

「ひで、と、っ!」

掴(つか)んだ手の先で、朝美の小さな悲鳴が聞こえた。

ドスン。何かが倒れる音がする。

握っていた腕が急に重たくなった。それに引っ張られ、俺も地面に横臥(おうが)する。

「あさ、みっ、あさみ!」

名前を叫んでも、返答はない。真っ白い煙が視界を封じて、床に倒れた朝美の姿もよく見えない。

「………」

それでも目を凝らし、煙の中でようやく捉えた人影は。

「………じゅ、り……」

悠然と立っていたシルエットが、薄く笑った。その右手に握られたナイフの刃は、真っ白な煙の中で、緋色に塗(まみ)れて光っている。刃から滴り落ちた赤い雫の正体は、紛(まぎ)れもなく血。誰の？　考えるまでもない。

　そうか、『この』世界でも樹里はスパストのファンだったんだな。だから会場に来ていた。その体に先進世界の樹里が入り込んだってわけか。そうして会場のどこかにあったスモークマシンを奪ってこの騒動を引き起こし、煙に紛れて朝美を背中からグサリ。そんなところだろう。

　オーケー、認めよう。『この』世界でもお前の勝ちだ。

　だが、もう俺の心は折れない。最後まで戦ってやる。お前が俺を追いかけてくるなら、せいぜい追ってこい。

　さあ、また逃げてやろう。

　逃げて逃げて逃げ続けた果てに、お前を倒す。その時は覚悟しろよ。

　お前たちがどこまでも追いかけるというなら、俺はどこにでも逃げるだけだ。

　けど、今の俺はただ逃げるだけじゃない。

　窮鼠猫を噛むってことを、必ず教えてやる。

6

　こうして、俺はまた並行世界を飛び回る。

　今まで行ったことがなかった並行世界にも足を踏み入れた。これまで俺が避け続けてきた、不幸な世界にも飛び込んだ。

『俺』個人が事故や事件に巻き込まれた世界から、戦争やら災害やら人類規模の災厄が起きた世界まで。

様々な世界を訪れ、そして樹里がやってきて滅茶苦茶にしては去る。そんなことが続けられた。

『扉の世界』の扉は訪れる度に減っていた。このままのペースでは一つになるのも時間の問題だ。

完全に統合する前に決着をつけなければ。

そんな強い覚悟を持っていても、逃げ惑っている内にいろんな世界の『俺』と同期して、俺という存在があいまいになるのを止めることはできなかった。

それでも必死に自我を保とうとする。

全ては、あの義妹に飛びっきりのお仕置きをするために。無い知恵を絞って思いついた、逆転の一手を打つために。

ああ、だけど、これは、なかなかきついな。

今の俺は何十人、何百人という『俺』の人生を追体験している。単純計算で何百年以上の記憶を併呑しているわけだから、精神が歪んでくる。一生を何度も繰り返しているようなものだ。特に不幸な世界の『俺』の記憶は濃度が濃い。うっかり飲み込まれそうになる。

そんな中で自分を保とうとするのは、大量のミルクと砂糖をぶち込まれてもなおブラックコーヒーの部分を維持しようとするくらい、無謀なことなのかもしれない。

俺とはなんだ。湯上秀渡（ゆがみひでと）とはなんだ。無数の記憶が溶け合って、自分というものが分からなくなってくる。

「ねぇっ、聞いてる？」

その一言が、あいまいになっていた俺の自我を再び一つにかき集めて凝固した。

ジト目をした朝美（あさみ）を目の前にして、俺の意識は人の形を取り戻す。

「あ、え、う？」

霊長類とは思えない声が出た。

一瞬、人の言葉を忘れていた。

「あー、やっぱり寝てたー」

朝美はいかにも、おこだよっという顔をしながら、俺の頬（ほお）を人差し指で突（つっ）く。

ここは、たぶん、数ある朝美と付き合っている世界の内の一つ。

今はデート中だったようだ。物静かなカフェのオープンテラスで、俺たちは向き合って座っている。

「……もしかして、私といるのつまらない？」

朝美はしゅんと小さくなる。

「悪い。ただ、色々あって疲れただけだ」

それは本音だった。

「ふーん、それならいいけど。……色々なことって、なんかあったっけ？　中間テストはとっくに終わってるし、数学の小テストは……再来週だし、体育祭もまだ先で……」

指折り数えているが、仮に朝美の指が五百本くらいあったとしても当たりっこない。

そんな風に呆れて、あるいは諦めながら朝美の指が折れていく様子を眺めていた。

そして、最後に残っていた朝美の小指が曲げられる。

「…………あとは、先進世界の追手から逃げ続けている……くらいかな」

背筋が凍り付くのを感じた。

朝美の顔に、さっきまで影も形も無かった疲労感が表出していた。

「久しぶりだね。秀渡君、お互い苦労しているね」

そこにいるのは『この』朝美に憑依した、先進世界の朝美だった。今、この瞬間にやって来たのだ。

「……今まで、どうして……」

最後に会ったのは電車だった。先進世界が活動を再開したと警告してくれて、その後、逃げ出し、そして駅のホームから突き落とされたはず。たぶん、あの世界の樹里の手で。

「先進世界から逃げながら秀渡君を探してたの。連絡が遅くなってごめんね。でもこれだけある並行世界をあちこち逃げ回っていたら、同じ世界で再会するのは結構大変だからさ。許してよ」

「……あ、ああ、それは、もちろん。会えてよかったよ」

錆びついていた俺の心に油が差されるのを感じる。先進世界の朝美は、唯一、俺の悩みを共有できる相手だ。ようやく得た、本物の安堵だった。

「さて、秀渡君も理解していると思うけど、残っている並行世界はあと僅か。完全な統合の時はすぐそこまで迫ってる」

朝美の言う通りだった。まるで無数に広がっていた樹木の枝が、無差別に剪定されているよう。樹木の見栄えなど関係なく、無意味に無慈悲に枝葉が切り落とされている。

「……なあ、一つ教えてくれ。先進世界の目的はなんだ。統合を図ろうとしているのは分かるが、なんでこんなに時間をかけている？　前みたいに一気に統合しようとしないのはなんでだ？」

ずっと抱えていた疑問をようやく口に出すことができた。

目の前の朝美は躊躇うように一瞬だけ空に視線を逸らし、そして俺に向き直る。

「前にも話したけど、今起きている並行世界の統合現象そのものは、先進世界の仕業じゃない。そもそも人為的なものじゃないの。これは、自然現象」

そういえば、朝美は前にも同じことを言っていた。

「けど、実際に先進世界は統合世界を作り出したじゃないか。俺はちゃんと覚えてるぞ」

あの支離滅裂な世界で過ごした経験はしっかり魂に焼き付いている。

「そうだね、それは事実。だけどあれは、自然発生していた統合現象の進行プロセスを人為的に速めただけ。統合現象の原因そのものは先進世界じゃないの」

「全然分かんねえ。統合現象が地震や台風みたいな自然現象と同じだって言うのか？　じゃあ、これまでにも同じようなことが起きてたってことか？　いつ？　なんで？　理由は？」

朝美は俺を静かに見つめ返す。

「統合現象の発生は今回が初めてだよ。というか、これまでは起こりようもなかったって言った方が正しいかな」

「なぜ？」

「元々、世界は一つだけだったから。並行世界が存在していたのは、不幸な事故によって後天的に発生したに過ぎないの。……たった一つの世界こそが本当の世界のあり方だったから、これまで統合現象なんて起こらなかったんだよ」

……さっきから何を言っているんだ。分からない、分からない。脳が理解を拒む。

「本来の世界のことを、先進世界の人間は『基元世界(きげんせかい)』って呼んでる。かつては基元世界のみが存在して、並行世界が派生していくことはなかった。人類は確率を収縮させながら、単一の世界で一つの歴史だけを歩んでいたんだよ。前にも話した、コペンハーゲン解釈こそが正しい世界の在り方だった。……だけど、とある事故によって、収縮されていた可能性が観測され、並行世界として生まれ出て、拡散してしまった。……たとえるなら、本来、世界とは一本の弦だったの。これが基元世界。だけどその弦が強く弾(はじ)かれたことで、弦は激しく振動して残像を描いた。その無数の残像こそが並行世界」

　とある事故。ひっかかる単語だった。

「……並行世界が生まれる原因になった事故って、まさか……」

一瞬だけ過(よぎ)った考え。

答えを聞くのが恐ろしい。

朝美(あさみ)は俺の眼(め)を見つめ返しながら、きっぱりと言い切った。

「秀渡(ひでと)君が脳に損傷を負った転落事故のこと。それによって秀渡君が確率の収縮能力を失ったことで、基元世界に収縮されていた無数の可能性を観測してしまった。その結果、単なる可能性が並行世界となって解き放たれた。コペンハーゲン解釈の世界からエヴェレット解釈の世界にしてしまったの」

「け、けど、基元世界の中に、あらゆる可能性が詰まってたって、そんなことあるのか？

そもそもいくら可能性と言ったって、起こらなかった出来事なんだろ？」

「……ファインマンの経路積分」

「へ？」

「量子の位置は確率でしか表せない。その量子の確率を求めるには、ファインマンという物理学者が考案した経路積分という手法を使うの。簡単に説明すると、『その量子が通る可能性のある全てのルートを足し合わせることで確率が求められる』ってこと。詩的に表現するなら、量子はあらゆる可能性を覚えているかも？　って感じかな」

全く理解が及ばない。ご冗談でしょうファインマン先生、と会ったこともないその物理学者にツッコミたい気分だった。

「つまり、秀渡君は、量子に内包されていた全ての可能性を観測して、それらを並行世界として実体化してしまった」

それではまるで、あらゆる災いが詰まった箱を開いた哀れなパンドラ。

「……それじゃあ、並行世界を作ったのって」

「君だよ。湯上(ゆがみ)秀渡君」

言葉がナイフのように突き付けられた。

「だけどどんな運動も永続的には続かない。宇宙に永久機関は存在しない。継続して力を加えなければ、少しずつ振動は収まっていき、残像は見えなくなる。……基元世界という弦の揺れが弱まって、並行世界という残像が消えようとしている。これが、今、起こっていることなの」

「……そんな馬鹿なこと」

「それは間違いないよ。私がどれだけの並行世界を渡ろうとも、そこには必ず『湯上秀渡』はいた。あらゆる並行世界で『湯上秀渡』という人間が常に存在しているなんて、どう考えてもあり得ない」

並行世界によって登場人物は異なる。こっちの世界に存在しているAさんが、別の世界では生まれていないなんてことも起こりうる。

全ての世界に『俺』がいるなんて、どう考えても不自然だ。今まで俺はそのことに気付けなかった。いや、それは当たり前だ。だって、並行世界に『俺』がいるからこそ、この俺は移動できる。『俺』が存在しない並行世界に俺は行けないだけ、そう思っていた。

だけど、朝美の今言ったことが事実ならば、並行世界とは俺が視た幻想に過ぎないことになる。

信じたくない。だが、それが事実なら、これまでの色々な出来事に筋が通る気がする。

あの時、統合世界を元に戻したこともそうだ。

まるで以前にもやったことがあるかのような感覚だったが、実際に俺は過去に経験していた。階段から転がり落ちて、脳に損傷を負った日、俺は基元世界の弦を揺らしたんだ。

「じゃあ、先進世界が俺を付け狙っているのは？」

「このままだと先進世界でさえ、基元世界の中に収縮されちゃうからね。統合現象から逃れるために、秀渡君の力を利用しようとしているんだよ。以前にも言った通り、秀渡君は多数の投票券を持っているから。まあ、全ての並行世界の生みの親で、全ての自分と同期できるんだから、当たり前なんだけどね。その投票券を先進世界に投票させるつもりなの」

　俺は力なく笑う。

「……はは。なるほど。それなら先進世界が必死になるのも分かるな」

　いや、むしろ正しいことをしているんじゃないか？　並行世界を維持して、自分たちの世界を守ろうとしているだけだ。

　そんな風に俺が先進世界に同情的になったのを見抜いたのか、朝美が首を横に振って否定する。

「ううん。それは違う。結局、彼らは、基元世界に成り代わろうとしているだけ。他の世界のことなんて一ミクロンも考えてないよ」

「そんな悪口言っていいのかよ、自分の故郷だろ？」

「いいんだよ。だって、本当は存在しない世界だし」そう言ってから口に手を当てた。

「おっと。それを言っちゃうとここにいる私だってただの幻だけどね。……って、そんな変な顔しないでよ。別に秀渡君を責めてるわけじゃないから」

だが、並行世界を生み出したのは俺だ。そんな風に自分のことを幻想だと自虐されたら、どういう顔をしたらいいのか分からない。

「責めるどころか、私は感謝しているよ。こうして私を生み出してくれたわけだし、それに、たくさんの『私』がいるってことを教えてくれたんだもん。……アイドルやっているのも結構楽しかったし、ライブで失敗したのもいい経験になった。秀渡君の恋人になってデートするのも、恥ずかしいけど嬉しかった。中には悲しい出来事や辛い境遇の『私』もいたけど、それでも友永朝美という存在が持つ多くの可能性を知ることができた」

「……だけど、結局、その無数のお前を殺すことになる。ここにいるお前自身まで。……それじゃ、俺のやったことって、一体何だったんだ？」

「気にしないでいいんだよ。単なる事故だったわけだし。それに、並行世界なんて、無くていいの」

　屈託なく笑う。

「色々な私を知ることができたのは確かに嬉しい、でも知れば知るほど『私って何だろう？』って考えちゃうの。友永朝美って結局のところどういう人間なんだろう？　どんどん分かんなくなっちゃう。それはとても怖いことだよ」

　その感覚は俺も知っている。並行世界を逃げ惑い、無数の自分と同期していくと、本来の自分が迷子になる。その結果、並行世界を正しいものと間違っているものに区別したくなる。基準なんてどこにもないのに、自分の好みによって世界を選別するようになってしまう。それをしていたのがかつての俺であり、今の先進世界だ。

「並行世界の存続は、人間の選択を無意味にしてしまう。他人からの評価もあいまいなものになる。最終的には、個人や人類のアイデンティティすら喪失させてしまう危険性がある。人間の心は有限だから、無限に広がる並行世界の中に落ちたら、あっという間に希釈されてしまう。……だから人間は、一つの世界で生きるべきなんだよ、きっと」

あらゆる可能性を網羅すると言うことは、何も選んでいないことと同じ。そこに自由意志はない。人類の自己同一性の否定。

一つしかない歴史、一つしかない世界で、たとえ過ちであったとしても何かを選び、何かを選ばないことこそが、人類を人類たらしめるのではないのか。

そうかもしれない。

それが真理なのかもしれない。

だけど。

「……それでも、ここにいるお前がいなくなるのは……」

「ふふ。私が正しいと思う道を選んだ結果なら、たとえどうなろうとも後悔はしないよ」

あの朝美たちと同じセリフを吐く。やっぱりこいつも、友永朝美なんだ。

その顔でそんなことを言われたら、何も言い返せないだろ。

「それに、もし本当に量子があらゆる可能性を覚えているとしたら、私は消えるわけじゃない。『私』の中で眠る、あったかもしれない一つの可能性として生きている。……私が友永朝美であることに変わりはないんだからね」

にこりと笑ってピースサイン。

「……」

だけど、そんな簡単に割り切れるものじゃない。

「もー。いつまでも辛気臭い顔してー。分かった、じゃあ、やがて居なくなる『この』私のお願いを、一つだけ叶えてよ」

「あ、ああ。なんだ、言ってく」

言葉が途中で途切れた。

朝美の双眸がすぐ目の前にあった。朝美の目蓋は閉じている。だからその長いまつ毛がよく見えた。マスカラもしていないのに、艶があってくるんと弾けるようにカーブしている。

朝美の顔が眼前にあるせいで、自分の口元がどうなっているか分からない。柔らかいなにかで塞がれている感じだけど、いや、これは、もう、どう考えたって、アレだ。

…………キス、されてる。

そのことを、ようやく自覚できた時、朝美の顔がゆっくりと離れていく。

時間にして一秒にも満たなかったはずなのに、永遠のようにも感じられた。アインシュタインの一般相対性理論によると、重力が強いほど時間の流れは遅くなるらしいが、たぶん、キスも時間を遅らせることができるんだろう。

「これでいいや。ありがと。これ以上は『私』に悪いからね」

朝美が、湯煎したチョコレートのように溶けた視線で俺を見ている。

「……ど、どうして……」

「……キスした理由を女の子に聞くなんていい趣味してるね」

頬を赤く染めたまま、ぷいっと横を向く。

「だ、だって。その、あの……」

「……さあ、私だって、よく分かんないよ。……どこかの世界の『私』に感化されたのかもしれないし、……それとも、もしかしたら純粋に、ただ、運命的に、漠然と、唐突に、吊り橋効果的なアレも絡んで、『この』私が『あなた』を好きになったのかもしれない」

朝美は自分の膝辺りに視線を落として、モジモジしている。

俺の動悸が、凄まじいことになっていた。全身の血液が超特急で身体中を巡っている。

頭がふらふらしてきた。

疲労と合わせて、俺の意識はもう滅茶苦茶だった。

だったら、これから、なにやったって許されるだろう。

だから、俺は朝美の肩を抱く。

「……あ」

と、小さく声を漏らした彼女の唇を、今度は俺の方から塞ぐ。

また、柔らかい感触。

でも、さっきとは少し違う感触のようにも思える。もっと味わいたい。

ああ、どうか、さっき俺が思いついた、キスでも時間を遅らせるという与太話がどうか現実でありますように。

朝美とのキスが、どうか永遠に続きますように。

そんな儚い願いは、すぐに消えてなくなる。

この世界が別の世界に飲み込まれようとしている。何となくそれを肌で感じた。統合が進んでいく。弦の振動が弱まり、残像が消えていく。矮小な人間の想いなど、鼻で笑うかのように。この現象にそんな感情はないのだろう。ただ淡々と、元の状態に戻ろうとしているだけ。どれほど素晴らしい弦楽器の演奏もいずれ止む。演奏が終われば、その余韻すらもやがては消える。

でも、その演奏を聴いて、感じた想いだけは残り続けるのだろう。

「……どうか、後悔しない、道を選んで」

そんな朝美の囁きが聞こえたと思ったら、唇から柔らかい感触が消えた。

世界が移り変わった。どこか別の世界に飲み込まれたのだ。

すぐに、その世界の『俺』と同期する。ぐちゃぐちゃに記憶が混ざり合う。

それでも、たった一つの信念だけは残ってる。

俺ができる唯一の選択肢を、大事に抱え込んだ。

7

意識が鎌首をもたげる。

あれからどれだけの時間が経っただろうか。いや、実際の時間は大して経過していないはずだ。一週間か、二週間そこら。ただ、その間に渡り歩いた並行世界で同期した『俺』の人生が積み重なり、俺の主観時間では途方もない年月が経過したことになる。

山積した無数の『俺』の記憶に溶解されかける度に、あのキスを想う。そこから少しずつ俺の輪郭が戻ってくるのだった。

……ああ、よかった。今回も戻ってこれた。

ここが最後の戦場だ。逃げ回った先にある、戦いの場。

そこは四畳半ばかりの部屋。狭い部屋、というより大きな箱の中と表現した方が的確な空間だ。辺りを見回しても、白いベッドと部屋の隅に設置された便器があるばかり。病院と刑務所の二つの要素を併せ持った空間だ。

部屋の中を認識した途端に、この世界の『俺』と同期する。この世界の知識が怒涛(どとう)の如く流れ込んできた。こめかみに頭痛が奔(はし)るが、もう慣れっこだ。

さあ、すぐに樹里(じゅり)がやってくる。捕まれば何をされるか分からない。急いで行動に移そう。

部屋から出ると、病院のように真っ白な廊下が続いていた。脳内の地図に従って、目的地に進んでいく。

そのまま建物の中を進んでいき、そして、探し求めていた屋上に辿(たど)り着(つ)いた。フェンスで覆われた、開放的な空間だ。爽やかな風が頬(ほお)を撫(な)でる。

その屋上からの景色(けしき)は新鮮だった。

まず目を引くのは、青空のかなたに見える恐ろしく高い塔だ。地表から空まで突き抜ける、真っすぐな塔。同期した『俺』の知識によると、あれは地上から静止軌道上の人工衛星を結ぶ軌道エレベーターらしい。全長約二千キロの、人類最大の建築物。塔の先端は青空に飲み込まれて見えない。

地上に目を下ろせば、白塗りの様々な巨大施設が目に入る。素粒子を衝突させる実験を行うリニアコライダー。ヒトゲノムを分析する遺伝子研究所。反重力研究所。ワームホール実験施設。

ＳＦ作品に登場するような未来技術が、あちこちに転がっていた。

「あー、いたいた。やっと、見つけたよ」

先進的な街の姿を目にしていた俺に、甘ったるい声が降りかかる。

振り返ると、樹里がいた。虚ろな瞳をこちらに向けている。

「……樹里」

「あはは、この前の自動車は楽しかったね。アクセル全開で歩道に向かって突っ込むなんて、なかなかできない体験だよね。人間を蟻んこみたいに潰していく感覚。そして最後は『私』ごと、ガソリンスタンドに突っ込むの！　あの熱気と爆発音、さいっこうだった」

そう言いながら恍惚の表情を浮かべる。

「もう、やめてくれ、樹里。お前の姿で、あんな恐ろしいことを」

俺が泣きつくと、樹里は舌打ちをする。

「……あんたにとっての『樹里』は、優しくて可愛い妹だったのかもしれないけど、私にとっては違うの。あんたは義理の兄でも何でもない。顔を合わせたこともない。単なる親戚。それ以上でも以下でもないから」

「それでも、お前だって樹里なんだから、きっと同じはずだろ？」

「ああああ。もお、もおもおおおお、ムカツクなぁあああぁ」

樹里が後頭部を掻きむしり、勢い余って何本か髪の毛を引っこ抜く。

「私は私で、あんたの知る『私』じゃない、一緒にするな！はいもうキレた。あんたの大事な妹が、グチャグチャになるところをちゃんと見ぃてて」

まくし立てた樹里は屋上を取り囲むフェンスをよじ登り、向こう側へと移る。後一歩、足を踏み出せば、屋上から落ちていく、その崖っぷちに立った。

「バカなことはやめろ！」

「……あーあ。可哀そうな、『私』。このまま真っ逆さまに落ちて、顔面も頭も面影がないくらいグッチャグッチャの、グロいことになるんだろうなぁ。……あんたもさあ、いい加減、学習したら？　あんたのせいで、何人の『私』が犠牲になってると思ってんの？」

俺は慌ててフェンスに駆け寄り、樹里を宥める。

「……悪かった。お前と、俺の知る樹里を同一視したのは間違いだった。だから、その樹里は解放してやってくれ」

樹里はとびっきりの笑顔を見せる。

「ダーメ」語尾にハートマークが付いていた。

そうして、樹里は後ろに飛んだ。命綱となっていた、フェンスを手放して。

彼女は背中からゆっくりと倒れていく。

俺には全てが、スローモーションに見えた。

「……まだ、気付かないのか」

俺は、彼女の最期に、そう呟く。

半分賭けだったが、これほどうまくいくとは思わなかった。

逃避行の果てにたどり着いた逆転の一手が、今、成功した。

「え？」

俺の言葉に、樹里はようやく周囲を見渡し、そして理解したようだ。皿のように見開いた目に、ようやく恐怖を浮かべた。

俺がずっと見たかった、こいつの恐怖心だ。

屋上から見える、無数の設備や実験施設。並行世界を探し回っても、ここまで科学技術の進歩した世界は他にない。人類が一切の寄り道をせずに、ひたむきに科学の道を突き進んだことでようやく辿り着ける境地だ。人類の発展の極北。

この世界の歴史には中世で起こった宗教による科学の弾圧も、度重なる戦争による優秀な人材の喪失もなかった。人種や性別の偏見もなく、個の垣根を越えて誰もが知識を共有し、冷静に議論を積み重ねて、ただ科学の道を切り開いた世界。

そう、ここは、先進世界。

つまり、ここは、屋上から転落しようとしている樹里の生まれ故郷である。

「……待っ」

樹里の顔が死人よりも青ざめる。

彼女は理解したのだ。

ここが、自分の本拠地であり、今自分が憑依している『樹里』は紛れもなく自分自身の肉体であることを。今まさに殺そうとしている『自分』は、並行世界の『自分』などではなく、正真正銘の自分の肉体であることを。

俺はこれまで色々な並行世界を、あえて逃げ回っていた。この壮大な鬼ごっこによって、樹里に自分の居場所を見失わせるために。世界の先々で『自分』を殺すことに慣れてしまった彼女が、違和感に気付かなかったのも無理はない。そうなるように、俺が仕組んでいたのだから。

全て狙い通り。

この俺でさえ、朝美という道しるべが無かったら、自分を失っていただろう。

だけど、俺には朝美がいた。そして樹里にはいない。それが俺と樹里の明暗を分けた。

ゆっくりと青空に溶けていく彼女を、俺は見送る。こちらに向けて差し出された、右の小さな手のひらを眺めながら。

別れを告げようとした、その時。

「助けて秀にぃ！」

それは、決して彼女が口に出してはいけない、許されない言葉だった。俺の中に溜まりに溜まっていた怒りという燃料に、火花が落ちる。

「ふざけんな！」

全身が爆発したように熱を発して、視界が紅に染まる。

「今更何言ってんだ！　これまで散々殺しておいて！」

青空が夕焼けに見えるくらい、今の俺の頭には血が上っていた。

「俺に助けを求めるなんて都合が良すぎるだろ！　俺の知る『樹里』は別人だってお前が言ったんだぞ！　それなのに、『樹里』の立場を借りて命乞いかよ！」

俺は叫び続けた。

怒りが収まらなかった。

こいつに殺された、たくさんの『樹里』やその他大勢の人間のために怒鳴った。

「…………うん」

フェンスの隙間から突き出した俺の手を握り返した樹里が、消え入りそうな声で呟いた。

俺の手を握る力は、か弱くもしっかりとしていた。

俺は、落ち行く彼女に、救いの手を差し伸べていた。

ごめん、『樹里』。俺は、やっぱり、こいつを見捨てられなかった。どれだけ人の道から外れたことをしても、こいつが『樹里』である限り、見殺しにはできないみたいだ。

バカだなあ、秀にぃは。

どこかの『樹里』の呆れた笑い声が、そよ風に紛れて聞こえたような気がした。

神妙になった樹里がフェンスを登ってこちら側に戻ってくる。肩を落としている。俺と目を合わせようともしない。無駄にプライドが高かった分、俺に助けられたことがショックだったのかもしれない。

かける言葉もなかったし、適切な言葉を探す気も無かった。

今の俺の目的は、憔悴したこいつから一つでも多くの情報を絞り出すこと。先進世界の弱み、そんなものがあればだが、それを引き出すことだった。

「おい、助けてやったんだから、全部話してもらうぞ」

尋問を始めようとしたまさにその時、乾いた音が俺の言葉を遮った。

徒競走のスタートを告げるような、運動会でよく聞く音。だが走り出す子供たちはいない。ただ、目の前にいた樹里が苦悶の声を漏らして、左の太ももを押さえて蹲った。押さえた両手の指の間から、赤黒い液体が漏れ出ている。

「おや、ちゃんと弾道学の計算に基づいて狙ったんだが、うまく当たらなかったな。意外と不確定要素が多いのかもしれんこの武器」

聞き覚えのある声の方を向く。

屋上のドアの前に、白衣の女性が立っていた。長い黒髪が艶やかな光沢を放ち、純白の衣服によく映える。口元は柔らかく微笑んでいるが、双眸は切れ長で意志の強さを感じる。

そしてその手には、紫煙をあげる銃が握られていた。

「やあ、湯上秀渡君。君を撃ちたくないから、そこで大人しくしていてくれ。危ないから彼女に近づかないようにな。さて、銃弾の軌道を再計算しなければ」

「ま、待ってください。南さっ」

樹里が白衣の女性に向かって縋り付くような声を上げる。

しかし再び放たれた銃の咆哮が、彼女の声をかき消す。

今度は、樹里の胸元が赤く染まった。恐怖と苦痛に染まった表情を湛えながら、樹里はゆっくりと背後に倒れた。青空を眺めるように仰臥して、そのまま二度と起き上がらない。

これまで俺の敵だったとはいえ、義妹と同じ容姿の人間が死んでいる。色々な光景がフラッシュバックするが、それを意志の力で押さえつけ、白衣の女に向き直る。せっかく助けた彼女の命が無駄に散らされたことを嘆く暇はなかった。

「あなたが黒幕だったんですか。……陽菜乃先輩」

白衣を着ているせいで大人びて見えるが、そこに立っているのは間違いなく南陽菜乃だった。

「いやいや、違うよ。今回の計画の現場責任者、みたいなものかな。つまり中間管理職だ。宮沢樹里や友永朝美のようなエージェントを管理して、指示していただけだ」

先進世界の先輩は、放課後の生徒会室にいる時と同じ微笑みを浮かべた。……クソっ。どうして、

「……でも、あんたもエージェントであることに変わりないだろ。……クソっ。どうして、俺に近しい人間ばかりがエージェントに」

「逆だよ、秀渡君。並行世界で君に近い人間だからエージェントに選ばれたんだ。君を油断させ、君について情報を集め、そして君を脅すためには、並行世界で君と親密な人物こそエージェントに相応しいだろう？　私も、並行世界で君の先輩をやっていたから、こんな嫌われ役に抜擢されたわけさ。もちろん、そこに転がっている宮沢樹里も同じ理由だ」

「俺を、殺すつもりですか？　樹里の口を封じたみたいに、その銃で。科学が進んでいる世界の割に、持っている武器はずいぶん普通の銃ですね」

「はは。ＳＦ映画に出てくる近未来的なレーザー銃を期待していたなら申し訳ない。だが我々の世界の歴史では国家規模の戦争というものが全く起きなくてね、それ故に兵器の技術が発達しなかったんだ。我々の世界とてリソースは有限だから、兵器なんて非効率的なものを作るのは無駄だ。だから、このような原始的な武器しかないんだ」

そういって先輩は右手に持った黒光りする銃を振った。

「君に対し、これまで手荒な真似をしていたことは認めよう。しかし、それも全ては人類を救うためだ。君なら理解してくれると思っているよ」

出た、悪の組織お得意のセリフ、「人類を救うため」。胡散臭いことこの上ない。その言

葉を素直に受け取るほど、俺は純粋な性格じゃない。

「我々の計画については、裏切り者の彼女から聞いてもう知っているかな？」

「並行世界の存続……というより、先進世界の存続、ですかね？」

俺の事故がきっかけで起こった並行世界の誕生、基元世界への回帰。それを利用した、自分たち先進世界への統合計画。

「ああ、その通り。我々は、起こらなかった可能性の世界なんかで終わりたくないのさ。むしろ、これはチャンスとさえ思っている」

「チャンス？」

「我々が何もしなくても、世界は一つに戻ってしまう。ならばどの世界に統合されるのが最も人類のためになる？　元々の世界である基元世界か？　いいや違う」

大人にとっては自明の理を子供に言い聞かせるような口調で、その謎かけをした。

「答えは我々の世界だ。先進世界は、他の並行世界ともそして基元世界とも違って、何も間違わずに進んできた。国家間の対立もなく、人種差別もなく、性差別もなく、宗教観や政治的配慮や人道主義といった下らない要因で人類の発展が妨げられることもなかった。誰もが人類の発展に寄与するために生きている。基元世界が犯した愚かな過ちをせずに我々は進んできたし、これからもそうだろう」

その弁舌は驚くほど静かだった。扇動者にありがちな、自分の言葉に陶酔している様子もない。四則計算の解法を教える数学者のように、当たり前のことを淡々と説いている。

「これは、人類が愚かな歴史をやり直す、最初で最後の好機だと思わないか？」先輩は両腕を広げ、少しだけ身を乗り出す。「我々の歴史に汚点は一つもない。君だって、これまで色々な並行世界を見てきたはずだ。その中には、取り返しのつかない選択肢を進んだ醜い世界がたくさんあっただろう？」

その呼びかけに、俺がこれまでに同期した様々な記憶が応える。

人類に不幸が起きた世界を、確かに俺も知っている。

俺が黙っているのを見て、先輩は俺を説得できると判断したのか、言葉を畳みかける。

「君がこれまでに視た不幸な世界は、基元世界が辿ってもおかしくない可能性の一つだ。同じことが基元世界の未来で起こらないとは言い切れない。一人の独裁者の暴挙か、無知蒙昧な大衆の暴走か、あるいは単なる不運か、いずれにせよ、こうした要因によって基元世界が哀れなる並行世界と同じ末路を辿るかもしれない」

「だから、あんたたちの世界の方が正しいっていうのか？　いくら何でも自分たちの世界を過大評価してないか？」

「無論、絶対と断言するほど私も愚かではないよ。しかし、我々の世界が存続した方が、人類の恒久的な発展の可能性が高いのは間違いない。更に言うならば、先進世界が統合した後、我々の科学力で君の能力をより詳細に分析して、再び並行世界を生み出すことだって可能になるはずだ。そうなれば誰もが無限の可能性の中から、自分にとって最適な世界を選び出して、自由に乗り換えることも可能になる。歴史に多様性が生まれるんだ」

自信たっぷりというよりも、さも当然といった顔で言う。

「……」

同期された『俺』の知識から、どれほどこの世界が先進的なのか理解してしまう。ここにある知識をほんの僅かでも基元(きげん)世界に持ち帰れば、文学賞を除いた全ての分野のノーベル賞を総なめにできるだろう。

先進世界ならば、この先、どんな困難が待ち受けていようとも、人類一丸となって克服してしまうだろう。数多(あまた)の並行世界や、基元世界では成しえなかったことを、この世界なら実現できる。俺の能力とやらを研究すれば、並行世界を作り出すことだって可能だ。

それは理解できる。できてしまう。

その時、懐かしい声がその場に割って入った。

「陽菜乃(ひなの)さん、動かないで!」

鋭い声とともに屋上に通じるドアを蹴破って、先輩の背中に銃口を突きつけたのは、白衣を纏(まと)ったミディアムヘアの少女。友永朝美(ともながあさみ)が、先輩が持っているのと同形態の銃を構えていた。

「朝美か」

後ろを取られたと悟った先輩はあっさりと自分の銃の引き金から指を外し、両腕を肩の上まで持ち上げた。

「銃を地面に捨ててください」

二人は旧知の間柄のように視線を交わした。実際に、先進世界での彼女たちは同じ計画に従事する仲間だった。先輩の方が立場は上のようだが。

先輩は指示に従った。放り投げられた銃が俺の足元まで転がってくる。

これ、拾った方がいいだろうか。いや、でも、素人(しろうと)が下手(へた)に触って暴発しても怖い。このままにしておこう。この距離なら先輩が拾うよりも朝美の発砲の方が早いだろう。朝美が正確に銃を撃てるのかどうかは別として。

「さあ、秀渡(ひでと)君。これで大丈夫でしょ。遠慮なく、自分の世界に戻ってよ」

朝美の言葉に俺が応える前に、先輩が口をはさむ。

「朝美。自分が何をしているのかわかっているのか？　このままでは我々の世界はただの夢と消えてしまうんだぞ？」

「分かってますよ、陽菜乃さん。私がとんでもない裏切り者だということくらい」自虐するように微笑(ほほえ)む。「だけど、いくつもの並行世界を見てきて、色々な『自分』と同期して、そこで生きる『私』のことを知ってしまったら、私は私の世界が、好きになれなくなってしまいました。だって、私がアイドルなんてやってるんですよ？　信じられます？　面白すぎますよ、あはは」

銃を構えた朝美(あさみ)がとても嬉(うれ)しそうに笑っている。

「……並行世界の自分に感化された者の戯言(たわごと)だ、まったく跳躍者(ジョウンター)失格だな」と先輩が感情なく呟(つぶや)いた。

「でもそれはあなたも同じですよね、陽菜乃(ひなの)さん」

「私が？」と予想外の言葉だったのか、冷静だった先輩が目を丸くして驚く。

「あなたの湯上秀渡(ゆがみひでと)君に対する異常な執着がその証拠ですよ。秀渡君を心理的に屈服させるためとはいえやり過ぎでした。秀渡君を取り巻く人々の虐殺。宮沢樹里(みやざわじゅり)を始めとする各跳躍者に対し、あそこまで過激な対応を指示したのは非効率的であなたらしくない。私怨があったとしか思えませんよ」

「な、なに……を……」

先輩の黒目が瞳の中を彷徨(さまよ)う。まるで自分すら知らない真意から逃げ回るかのように。

「あなたも、跳躍者として様々な『自分』と同期したはずです。その中に、湯上秀渡君に異常な執着を抱く『あなた』がいたんですよ。私も一度だけ、お会いしたことがあります。あの、失敗した統合世界で」

朝美にそう告げられると、先輩の眼(め)がかつて統合世界で見せた異常先輩のように怪しく光った。これまで先進世界の先輩が見せたことがなかった、感情の表出だった。一瞬、俺はあの異常な夜に戻った気がした。

先輩は否定するように双眸を固く閉ざして、異様な光を隠す。

「た、確かに、並行世界にはそのような『私』もいた。だが、所詮は並行世界だ。この私ではない」

背中に銃口を突きつけられても平静を保っていた先輩が、今、目に見えて動揺した。

「陽菜乃さん、あなたも本当は理解しているんでしょう？　私が『私』の秀渡君への想いに感化されたように。あなたは、『自分』の異常性に飲み込まれているんですよ」

「違う、違う、私は」

取り乱す先輩に、朝美は笑って告げる。

「並行世界の『自分』に感化されない、なんてことは不可能だったんです。訓練でどうにかなるものじゃないんです。人体が宇宙空間での生活に最適化されていないように、基元世界から派生した私たちの精神は並行世界を耐えるようには出来ていなかった、それだけのことです」

「…………」

先輩は口を結び、呆然としていた。

「並行世界の存在は、人類の自分の立ち位置を見失わせる。異常性が並行世界中を覆いつくす。その根拠は今のあなた自身でもあるんですよ。……答えてください、今のあなたは本当にあなたですか？」

「…………ふふ」

一文字に結ばれていた先輩の唇が歪み、笑う。

「ふははは。なるほど。湯上秀渡への執着か、この感情はそれだったのか！　近頃の私はどこかおかしいと思っていたんだ。並行世界に存在する、湯上秀渡に関わる人間を殺したくて仕方なかった。なぜこんな感情的な思考が頭から離れないのかずっと不思議だったんだが、そうか、すべて『私』からの影響だったんだな。今まで引っかかっていた違和感がやっと解消されたよ、礼を言おう」

僅かに首を傾げて、背後に立つ朝美と目を合わせる先輩。

「君の言う通り、私たちの精神は、他の『私』たちの記憶に多かれ少なかれ感化されてしまうようだ。認めよう。……ああ、だがスッキリした。では君が『この』秀渡君への想いに応えようとするように、私も同様に、『ここ』にいる湯上秀渡のために動こう」

意味深なセリフを吐く。その意味を俺と朝美が気づかずにいるうちに、先輩の視線が俺に向けられる。

妖しさを湛えた、瞳が俺を貫く。

「……では秀渡主任、後はお任せします」

「え？」

先輩にそう言われた瞬間、俺は足元に転がっていた先輩の銃を拾い上げていた。いや、なぜ？　そんなことをするつもりは全くないのに。

全身の動きが止められない。俺はいつの間にか銃を構えていた。

目の前を、無数の数式が流れていく。俺の知らない公式の数々。

火薬の爆発による弾丸の初速度、ライフリングによって生まれるジャイロ効果、空気抵抗、マグヌス効果。発射された弾丸が着弾するまでに発生するあらゆる物理学的要素が、俺がアクセスできない脳の領域で計算されている。

算出された弾丸の軌道予測に基づいて銃を構え直した直後、俺の意思とは関係なく引き金が引かれた。

弾丸は脳内で描かれた軌道予測を正確になぞり、狙った場所へと吸い込まれる。その着弾点、朝美の胸部の中央やや左寄りへ。

「…………」

朝美は声を上げることもなく、着弾の衝撃によって背後に倒れた。

……なんだこれは。

やめろ！

とまれ！

ふざけるな！

俺がいくら叫ぼうとしても、声帯は固く閉ざされたままだ。

俺の身体は俺の意思に反して、仰臥する朝美に歩み寄り、赤く染まった胸部に更に二発の弾丸を撃ち込んだ。俺の脳内で、俺の知らない人体構造学の知識が展開されて、完全に朝美が死んだことを確認する。

――――。

嘆くことは許されず、慟哭すらできない。

朝美の遺体に縋り付くことも許されない。

自分の身体という檻に閉じ込められ、俺は死んだ彼女を見つめることしかできなかった。

おぞましい拷問だった。

「お手数をおかけしました、秀渡主任」

先輩が俺を、いや『俺』を労う。

先輩が『俺』を見る目は、俺に向けていた視線とは明らかに違っていた。陶然とする憧憬の眼差し。それは以前見た、異常先輩の光にも似ているが、僅かに異なる。先進世界の先輩の『俺』に対する感情と、異常先輩の持つ執着心が混ざり合っている。

目の前の先輩は、先進世界の先輩と異常先輩、そのどちらでもあり、どちらでもないようだった。

『俺』の唇が俺の意思を反映せずに動いた。

「構わないよ。彼女は優秀な跳躍者（ジヨウンター）だったから殺すのは惜しかったけど、計画失敗の可能性は確実に摘（つ）み取らないといけないからね」

俺の声に限りなく近いが、俺のではない声。

「……ですが、湯上（ゆがみ）秀渡は未（いま）だ我々への協力を拒んでいます」

「だろうね。想定以上に頑固な『僕』だ。もう少し賢いことを期待していたんだが」

「世界の統合までもう時間がありません。このままでは、やはり基元（きげん）世界への統合は避けられないのでは……」

「そうだね。だが安心してくれ。僕には君たちにはない、とっておきの切り札があるんだ。それを使えば『僕』も、イヤとは言わないだろうさ」

そうして『俺』は先輩に柔らかく微笑（ほほえ）む。そして、再び口を開いた。

「さて、聞いていただろう、『僕』？　肉体の主導権を奪われるのは初めての経験でびっくりしたかな？　と言っても、これは僕だからできる芸当だけどね。脳を改造して君がアクセスできない領域を作り、そこにバックアップと肉体操作プログラムを……って、詳しく説明する時間はもうないか。さて、ここは腹を割って話し合おうじゃないか」

俺の視界にも黒い帳（とばり）が下ろされ、先輩の姿も、先進世界の光景も覆い隠される。

もう一度目を開いたとき、俺は『扉の世界』にいることを自覚した。

「やあ、『僕』」

「お前は、……先進世界の『俺』だな」

これまで白い背景と無数の扉が広がっていた世界が、今や様変わりしていた。扉はもう両手で数えられるくらいまで減っている。そして、俺だけしかいないと思っていた世界に、別の人物が立っていた。

姿は、間違いなく俺。違う点といえば、背景と同化してしまう白衣を纏(まと)っていることと、髪が耳を覆い隠すくらい長いこと、そして薄っぺらい笑みを顔に貼り付けていること。それ以外は、顔も背格好も同じだった。

かつて先進世界の朝美(あさみ)が言っていた、並行世界を渡るための力、俺にとっての『扉の世界』は跳躍者(ジョウンター)一人一人が保有しており、自分以外の誰も立ち入ることはできない。逆に言えば、今、『扉の世界』にいる俺以外の人物がいるとしたら、そいつは……。『俺』でしか、あり得ない。

即座に胸倉をつかむ。

「お前が全ての黒幕だな！」

「まあ、そういうことになるかな」

俺の目と鼻の先で、『俺』は柔和な笑顔のまま、あっさりと認めた。

怒りに全てを委ねて一発ぶん殴った。

しかし『俺』は顔色一つ変えず、余裕の表情を崩さない。まるで俺の渾身(こんしん)の一撃などなかったかのように、言葉を続ける。

「といっても、最初からこんな大層な立場にいたわけじゃないよ。基元（きげん）世界の『湯上秀渡（ゆがみひでと）』が並行世界の生みの親だと判明したことで、同位体である僕が祭り上げられたのさ。君を僕の中に取り込むことで、先進世界が基元世界を上書きする。それをやる役回りなわけ」

「お前に収まるつもりは更々ない！」

「だよね」『俺』は気にする様子もなく笑う。「君は、基元世界に帰ることを望むわけだ」

「当たり前だ！　そこが俺の世界なら、そこで生きていくことがここにいる俺にとっては一番正しいことだ！　あいつだって、それを望んでたんだ！」

「なるほどね。立派な考えだ。じゃあ、君に一つ質問しよう」

　人差し指をぴしりと立てる『俺』。

「君が本来いた世界とは、どこだ？　基元世界はどこにある？」

　その声は俺の鼓膜に、神経に、そして脳髄にまで浸透していく。

「……俺がいた、世界。帰るべき世界。……基元世界は……」

　その問いに即答しようとして、俺は困惑する。何も答えられない。

　そうだ、どこだ？

　基元世界は、どこにある？

「君は、本当は知っているはずだ。君が見て来た並行世界の中で、たった一つだけ明らかに他とは違う、特殊な世界があったはずだ。……それこそが、君の帰るべき世界だよ」

『扉の世界』にある『扉』の中で、基元(きげん)世界に続く『扉』はどれだ？　俺はどこに帰るべきなんだ。

心がざわつく、見ないようにしていた真実が鎌首をもたげる。

息が荒い。胸が痛い。

いくつもの色が混ざり合ってサイケデリックに彩られた扉たちの中で唯一、未(いま)だ何色にも染まらず、独自性を保ち続けている扉がある。

どんな色にも混ざらない、重苦しいほどの黒い扉。光すら飲み込むブラックホールのような漆黒。

その扉に、視線が吸い寄せられる。

「ま、まさか、この、真っ暗な、……何もない世界？　……」

扉を開く。

そこは、転落事故の直後に俺が目覚めた世界であり、統合世界を解いた後に俺がいた世界でもある。

暗闇が広がるばかりで、何も存在しない世界。

虚無という言葉すら成立しない、そんな空っぽの空間。

「……これが、俺の帰るべき、……基元世界？」

何もないということ。それは、……基元世界が存在しないことを意味するわけではない。基元世界には、世界を観測している『俺』が存在しないということ。基元世界には、戻るべき俺の身体がないということだ。

……ああ。そうか、そうだったんだ。単純なことだ。

「……そもそも、…………俺は、……あの事故で、…………死んでいた？」

驚くほどすんなりと、あっさりと、その事実が腑に落ちた。

基元世界の俺はとっくに死んでいて、その意識だけが、死の直前に作り出した並行世界の間を飛び回っていた。だから、基元世界に通じる『扉』の奥には、なにもなかった。まさに俺は、亡霊だった。

「あ、はは」

笑いが零れた。

「…………そうか、俺には、とっくの昔に、可能性なんてなかったのか」

なんて皮肉だろう。俺の中の様々な可能性を渡り歩いた結果、実は最初から可能性がなかったことを知るなんて。

いや、逆だ。その事実を認めたくないから、俺は並行世界を逃げ回っていたんだ。

『俺』の声が、『扉の世界』に響く。

「先進世界の跳躍者たちでさえ並行世界の自分に影響されていたのに、なぜ君の精神だけが独自性を保てたんだと思う？　……理由は一つ。君自身が、本当の自分に何の可能性も残っていないと知っていたからだよ。たとえどれほどおぞましい可能性だろうと、可能性がないよりもマシだから君の精神は保たれていたんだ」

『俺』の言葉が突き刺さる。そうその通りだ。全て的を射ている。

「さて、では、もう一度聞こう、『僕』。本当に、基元世界に戻るのか？」

穏やかな声色のまま、優しく言葉を放つ。

俺はようやく納得し、緊張で固まっていた肩を落とす。

「ああ、そういうことかよ。……先進世界に留まれば俺は死なずに済むし、人類の繁栄とやらにも貢献できる。これからお前と同居生活というのは少し窮屈だが、それでも、このまま基元世界に戻るよりも多くの可能性が広がっている……」

「その通り。そして、先進世界と人類を救った僕ら、いや、君には何不自由ない暮らしが約束されている。それに陽菜乃が説明したように、先進世界で君の能力を詳細に分析すれば、再び並行世界を生み出すことができるかもしれない。これは一朝一夕には難しいだろうが、不可能ではない。もし君の能力を先進世界の全人類に付与したならば、誰もが自らの世界を自由に選ぶことができる」

「なるほどな、想像できない未来だ」

「想像する必要なんてない、これから体験できる未来だからね。そうやってこれからの人類は、自らの世界を自由に選択できる。歴史に多様性が生まれるんだ」

「ああ」と俺は頷き、「けど足りないものがある」

「……何がだい？」と『俺』の問いかけ。

「友永朝美」と端的に答えた。

そして、いくつもの友永朝美を思い出す。

無数の朝美。アイドルになっていたり、なっていなかったり、途中で辞めてしまったり、してなかったり、俺の恋人だったり、恋人じゃなかったり。

そして、キスをした朝美。

「たった一人の異性の存在が、そんなに重要なのかい？」冗談なのか疑うように、『俺』が半笑いをする。

「そういうことじゃない。あいつを失ったこの世界に、俺が留まる意味はないってことだ」

「並行世界が再び観測できるようになれば、友永朝美が生きている並行世界にだって移動できるんだよ？」

「たとえあいつが生きていた並行世界に移動して、過ちと後悔を全部無かったことにしたって、あいつが喜ぶわけがない」

「じゃあ、彼女が喜んだ世界に行けばいい」

『俺』はさも当然のことのように言う。

　ああ、そうか、こいつは根本的に理解していないんだ。まるで昔の俺のように。並行世界を移動すれば、望むものが手に入るんだと勘違いしている。

　哀れな、もう一人の『俺』に教えてやろう。

「確かに並行世界の中には、生き返って喜ぶ友永朝美（ともながあさみ）もいるかもな。だけど、自分の選択がなかったことになって喜ぶ朝美は、俺が好きになった友永朝美とはもう別人なんだよ」

　並行世界はあらゆる選択を無意味にして、個人の存在をあいまいにしてしまう。人間の尊厳とか信念とかアイデンティティとかを、全部薄めてしまう。彼女の言った通りだ。

「それに」と俺は続ける。

「……それに？」

　俺が生きていた基元（きげん）世界。

　先進世界から見たらどうしようもないものかもしれない。失敗とか不運とか後悔とかがたくさんある世界。だけど、その全てを否定してしまったら、先人たちが流してきた血と汗、市井（しせい）の人々の小さな選択から、歴史を変える大きな選択まで、何もかもを無意味にしてしまうような気がする。

　だから。

「基元世界が辿った歴史の全てを否定できるほど、俺は立派な人間じゃない。それくらいの自覚はあるからな」

その瞬間、『俺』の顔からあらゆる表情が溶けた。

「……」しばらく『俺』は無表情で黙り込んでいた。

「そっか。やっぱり並行世界の自分とは分かり合えないな。こっちの友永朝美や南陽菜乃と違って、僕が君に感化されるなんてことも起こりえないようだね」

一歩、『俺』が近づいた。虚飾の表情を取り外して。

「君には当初の計画通り、少々手荒な方法をしなければならないようだ。肉体を共有している僕にもいくらかダメージを負うから、あまり取りたくない手段だったが。さて、どうしてやろうかな」

あの異常先輩とは違った意味で、常軌を逸したオーラを放つ『俺』。

そして『俺』は指をパチンと鳴らした。

それが合図だったのか、突然、これまでの人生で経験したことのない激痛が、俺の全身を貫く。

「があぁっ！」

な、なんだ。これは。全身に火傷を負ったように熱く、凍傷のように冷たく、ナイフで斬られたように痛く、雷で撃たれたような衝撃と痺れ。

意識の全てを、その奇妙な痛みに持っていかれてしまう。自分の体重が支えられなくなり、『扉の世界』の白い地面に倒れ伏した。

「僕の脳には色々な改造が施されていて、君と同期した時のための対応策もいくつか存在する。これもその一つさ。脳に埋め込まれた電極で知覚野を刺激し、痛覚を意図的に発生させているんだ。どうだい、痛いだろう?」

のたうち回る俺の傍に、『俺』が歩み寄った。

「お、お前、は、……痛くないのか?」

脳を共有しているこいつも同じ幻痛を感じているはずなのに、冷ややかな顔で俺を見下ろしている。

「もちろん僕だって痛いさ。でもエージェントとしての精神訓練を積んでいるからね。ある程度、自分の心や知覚をコントロールできるんだ。……さあ、どんどんレベルを上げていくよ。君の精神はどこまで耐えられるか、見物だね」

親指と中指を擦り合わせ、再びパチンと音がした。指を鳴らすという行動が、あるいはその行動を意識することが、脳の電極のスイッチになっているようだ。

「……あ、……が、や、め……」

焼き鏝で皮膚が焼かれる。指が凍傷を負ってもがれる。爪の間に針が刺さる。舌の先を削がれる。そのほか、経験したことのない様々な痛みの電気信号がニューロンの道路を暴走していた。

「おっと、これ以上は流石にきついかな」

その一言で、激痛の嵐が止んだ。全身を脅かしていた拷問が消え去る。俺はようやく呼吸を取り戻した。

「さて、改めて答えを聞こうか。それとも、もう一度あの痛みを味わうかい？」

ダンゴムシのように蹲る俺に、また『俺』が囁いた。脅すように、右手を軽く持ち上げている。その親指と中指は触れあい、いつでもあの音を鳴らす準備が整っていた。

あの痛みを思い返して、屈しそうになる俺を叱咤する。

自分の選択を、後悔するな。

そう言い聞かせて、精一杯の虚勢を保つ。

「……せいぜい自分の脳を虐めてろよ、マゾ野郎」

呆気にとられる『俺』を見上げて、嗤ってやった。内心では滅茶苦茶ビビっているが。

「ああ、そうかい。なら、今度は君の精神を、素粒子レベルまでズタズタに切り裂いてあげるよ」

ついに『俺』の堪忍袋の緒も切れたようだ。

また吹き荒れる拷問の始まりを覚悟する。

「な、……ば、バカな？」

しかし、一向にその時は訪れない。

『俺』は驚きに目を見開いて、その場で固まっていた。『俺』の指は鳴らない。それどころか親指と中指が、見えない力で引っ張られるように少しずつ離れている。『俺』でも俺でもない意志が、その手を操っていた。

その瞬間、『俺』の輪郭が滲んだ。たくさんの姿が重なり合っているかのように、ブレて見えた。

「くっ！　『僕』たちか！　『僕』たちは、彼の味方をするのか！」

見えない何かに呼びかける『俺』。

……これは、すでに統合された他の『湯上秀渡』による干渉だ。かつて統合世界で、異常先輩の中に他の先輩の可能性を見出した時と同じように、収縮された『俺』たちが表出して、先進世界の『俺』を止めている？

「このままだと僕たちは全員消えてなくなるんだぞ？　存在しなかった可能性で終わるんだ！　それでもいいのか！」

たぶん、全ての『俺』が俺に協力しているわけではないのだろう。その証拠に干渉が少し弱まり、『俺』の指はまた近付きつつある。それもそうだ、無数の『俺』の中に、先進世界を支持する『俺』がいても不思議じゃない。いや、むしろそっちの方が多数派なのかもしれない。『俺』たちも『俺』たちなりに選んだうえでの行動なんだろう。

何が正しくて間違っているのか、それを決めるのは結局のところ、今ここにいる自分自身だ。そうやって俺たちは生きている。

……だったら、今の俺が正しいと思える選択をしよう。朝美たちのように。

痛みの残滓を振り切って立ち上がると、自分との戦いに必死で俺への警戒心が薄れていた『俺』の手を掴む。そのまま全体重をかけて引っ張り、『俺』とともに倒れこむ。向かう先は、黒い扉の奥。無限の闇が俺たちを待ち構えていた。

その闇に向かって、二人揃って落ちた。

「な、なんて、バカな、お前は、なんていうバカなことを！」

俺と同じ速度で落下する『俺』が、うざったく伸びた髪の毛をこれまたうざったくなびかせて叫んでいる。

さっきからバカバカ言っているけど、そうやって手足をバタつかせて扉のところに戻ろうとしている今のお前の方がよっぽどバカっぽいからな。

俺たちは底が抜けた奈落を落ちていく。どこまでも。どこまでも。果てしなく。

「うわああ、やめろ、僕は、まだ、まだ消えたくないいい。人類には、僕には、まだ可能性が、いくらでも、広がっていて」

『俺』の身体が少しずつ透明になっていた。もうとっくに見えなくなっている黒い扉に向かって右手を伸ばしている。だが、その右手すらもう闇に同化して、消えていた。

そして、あっさりと、まるで最初から存在していなかったかのように、『俺』はどこにもいなくなった。

俺もすぐに『俺』の後を追うことになりそうだ。意識が砕けて、闇に溶けていくようだった。もう自分の身体が見えない。手を目の前に持ってきたつもりでも、眼前には何も見えない。かつて朝美を抱きしめた両腕も、朝美の元に駆け寄った両脚も、胴体も、眼も、キスした唇も、全て暗闇に帰っていく。

ここは、俺だけが存在することを許されない世界。

こうして俺は、基元世界へと戻った。

8

辛うじて残ったのは僅かな意識。だがそれもいずれ消えゆく定めの、儚い存在だ。俺の意識は闇に同化して、そして何もなくなるだろう。

それでもいい、俺はずっと前に死んでいた人間だ。並行世界を体感できただけで、俺は幸運だったんだ。俺にも様々な可能性があったんだと知ることが出来た。それだけで満足だ。この、たくさんの思い出を抱えたまま、消えていこう。

「あああ、なんていうことをしてくれたんだ！　人類史のやり直しが！　僕の可能性が！　お前のせいで、お前のせいで！」

……あれ、まだ『俺』の恨み節が聞こえる。さっきいい感じで消えたと思ったのに。

「消えたわけじゃない！――君の中に統合されたんだ。散らばっていた並行世界が基元世界に戻ってる。可能性が一つにまとまるんだ。僕だけじゃなく、これからどんどん君の元に収縮されていくぞ」

なんだ、どうせ消えるなら一人静かに消えたかった。

『俺』の解説が終わるや否や、また別の声がした。いや、同じ声か。全部、俺の声だ。といっても別の『俺』でもある。ややこしい。

「……はー、せっかく。先輩の家にお呼ばれして、ご両親と一緒にディナーを楽しむはずだったのに。これを機に、俺たちの仲を認めてもらう計画だったんだぞ」

「そりゃ、ご愁傷様だな。……でも陽菜乃先輩って、結構怖いところあるし、もし将来、結婚とかしちゃったら、しんどい夫婦生活に成りそうな気が」とまた別の『俺』。

「お前らは『こっち』の先輩を知らねえからそういうこと言えるんだよ。先輩はめっちゃ優しいし、尽くしてくれるし、しかも俺を引っ張っていってくれるし……」

あー、分かった分かった。お前が先輩にベタ惚れしてるってことはよく分かった。

今、俺の中で『俺』たちの喧々囂々の大論争が始まっていた。お題は、どの女の子が一番彼女に相応しいかというもので、彼女持ちの『俺』が各々弁舌を繰り広げている。

「結局のところ朝美なんだよ。幼なじみで勝手知ったる仲、ツーと言えばカー、互いの両親も仲がいい。可愛くて優しいしアイドル。非の打ち所がないな」

「いや、やっぱり陽菜乃先輩だろう」

「いやいや、そこは朝美だって」

「……樹里」

「それはダメだろ！　義理とはいえ妹だぞ！」

どう考えても結論が出るはずのない議論を延々と続けているアホな『俺』たち。

彼ら以外にも、色々な『俺』が己の人生について熱く語っている。恋なんかに現を抜かしている場合じゃないと主張するスポーツ系の『俺』もいれば、学問の研鑽に喜びを見出す『俺』や芸術肌の『俺』もいる。すでに社会人として働いている『俺』もいれば、災害や戦争の影響で生活するだけで精いっぱいの『俺』もいる。

俺と世界の可能性は実に多様だった。その全てが幸福だとは言い難い。それでも、彼らは彼らなりに生きていた。

その命を、俺は摘み取ってしまったんだ。

悪かった。本当に申し訳なかった。

俺は全ての『俺』に呼びかける。

『俺』たちの声が止み、一斉に俺の方を向いたのが分かった。

……お前たちの中には、先進世界の理念に共感した奴だっていたんだろう。それなのに、俺の勝手な選択に皆を巻き込んで本当に悪かった。

もう一度、頭を下げた。いや、もう頭はなかったが、そういう気持ちで謝った。

「いや、謝られてもなぁ」

『俺』たちが困惑しているのが伝わる。

「そうだ、ふざけるな。無責任だぞ。僕の未来を返せ！　人類の栄光を返せ！」

「元々俺らは存在していなかったんだ。あり得ない可能性として、基元世界の中に折りたたまれていた。それをお前が見出してくれたわけだ。お前が居なければ俺たちはここに存在してない。……気にするなとは言わないが、今更ごめんって言われても困る」

……ありがとう。

彼らの気遣いに、俺は感謝をささげるしかなかった。……もちろん、反対の声も聞こえていたけど。

「おいおい、ちょっと待て、勝手にまとめに入るなよ」

「そうだ、いい感じに締めようとするな」

いや、だって、もう終わりだろ。

全ての『俺』が一緒に基元世界に帰って、そして、終わりだ。俺自身の人生はもう終了している。これ以上、なにも続かない。この闇にみんなで溶けて、エンディングだ。

「お前はそれで満足なのか？　世界は基元世界に収縮されました。そして湯上秀渡は死んでました。そんな終わり方で、お前は納得したのか？」

納得もクソも、それが事実なんだから仕方ないだろう。

「はあ、これだからお前は、いや、俺は……」

『俺』たちが口々に俺をディスり始める。

「自分にたくさんの可能性があるって分かったのに、このまま消えるのか？　お前には朝美や先輩や樹里や、それ以外にもたくさんの人と親しくなったり、様々な経験を得る可能性があったのに、ここで諦めるのかよ」

……それは、もちろん、嫌だけど。

「お前は、選ばれなかったたくさんの『俺』らを背負っているんだぜ」

……確かにそうだが……。でも、俺はもう死んでるんだ。今更どうしようもない。

「よく考えてみろ。この暗闇は本当に『死』なのか？　お前は本当に死んでるのか？」

いや、死んでるだろ、辺り真っ暗で何も見えないし、身体の感覚はないし。

「それは、お前の肉体が外の世界を観測できていないだけだ」「お前の死が確定したわけじゃない」「確かに、このまま何もしなければ、お前は闇の中に溶けて消えるかもしれない」「でも、本当にそうしたいのか?」「自分に色々な可能性があるって知ったばかりなのに?」

『俺』たちの声が畳みかけてくる。

はっとした。息を呑んだ気がした。冷たい空気が喉を通ったようだ。

「くそ!　余計なことを言うな『僕』たち。あのまま勘違いさせておけばよかったのに」「先進世界の『俺』はちょっと黙ってろ」「誰かこいつ黙らせろよ」「無様に負けたくせに往生際が悪すぎるだろ」「こいつ本当に『俺』か?」「一発殴りたいが、身体がもうねえんだよなあ、残念だ」

俺の指先に感覚が戻りつつあった。つま先も。

全身全霊を込めて、拳を固める。身体の輪郭が少しずつ浮かび上がっていく。

「せいぜい、生きてくれよ。収縮された『俺』たちの分まで」

俺の意識が浮上する。

たくさんの『俺』に背を押されて、暗闇を上昇していた。

暗闇を昇るほどに、一人、また一人と『俺』が俺の中に溶けていく。『俺』たちの記憶が一瞬だけ脳を叩いて消える。俺の体験したことがない様々な出来事が脳裏を駆け抜ける。存在しない記憶で作られた走馬灯。

そこには、色々な人生があった。様々な人との出会いがあった。それら全てが、俺が内包している可能性だと思うと、壮大すぎてめまいがする。だけど、無数の記憶は俺の意識を掠めただけで、すぐに消えてしまった。もう一度思い返そうとしても、思考の網の隙間から漏れ出てしまう。

制服を着た朝美とのデートが。陽菜乃先輩との生徒会室での一時が。樹里との家族旅行が。全て、泡沫のように現れて、弾けた。

それ以外にも無数の感情が心を過る。
あったかもしれない可能性の数々。今の俺は、俺の人生だけではなく人類の可能性の隅々まで見渡すことができた。だけど、それはやっぱり起こらなかった出来事として基元世界の中に収縮されていく。

無数の可能性が、基元世界という現実を構成している。そのことがよく分かった。

この可能性の全てを、量子は覚えているのだろうか？

俺を暗闇から押し上げる揚力が、少しずつ失われる。

だが、目指す先は目の前だ。暗黒の少し先に、針で刺したような微かな光芒が見えた。

その光に向かって手を伸ばす。

そして、俺は、真っ白な光の中で目を覚ました。

最終章　果てしなき旅の果に

1

つんと鼻を抜ける、消毒液の香り。

ゆっくりとまぶたを持ち上げると、クリーム色の天井が俺を待っていた。視線を辺りに散らすと、清潔感のある白いカーテンに覆われた窓や小さなテーブルや点滴が見えた。俺はベッドで仰向け(あおむ)けに寝ている。ということは、ここは病院だ。

とにかく身体(からだ)を起こそうとした、が、なかなか起き上がれない。全身の筋肉が萎縮していた。せめて声を出そうとした。

「……」

カスッカスッと喉から空気が漏れ出る音ばかりで、声と認識できるものではなかった。

ここが病院ならばいずれ誰かが見回りに来るだろう。それまで待っていてもいい気もしたが、どうせなら自分の力で可能性を選択したかった。俺なりのささやかな意地だ。

だから俺は、すっかり怠け癖のついた筋肉に鞭(むち)を打って、右腕を動かす。シーツの上をナメクジのように這(は)った右手は、ようやく俺の枕元に置かれていたナースコールのボタンに辿(たど)り着(つ)き、それを押した。

たったそれだけのことなのに、俺の身体(からだ)はフルマラソンを走り切った後のような疲労感に包まれてしまう。まあ、仕方ない。これから少しずつリハビリをしていこう。

こちらに駆け寄ってくる看護師たちの足音を、穏やかな気持ちで聞いていた。

2

さて、それからが大変だった。

両親との涙の再会もそこそこに、担当医師による精密検査の数々が待っていた。俺はあの事故による脳挫傷で意識不明の寝たきり状態だったようだ。意識が戻らなかった原因は医師にも全く不明で、回復した理由も分からないとのこと。

幸いなことに、寝たきり生活のせいで筋肉に多少の衰えがあること以外、目立った問題は見つからなかったらしい。

「ＭＲＩの結果も確認しましたが、全く異常ありませんでしたよ。以前は、大脳新皮質の付近に小さな血腫が確認できていたのですが、どうやら自然治癒したようです。かなり珍しい事例ですね」とは担当医師のお言葉である。

そして、そこからはリハビリ生活が待っていた。ただ、寝たきりの間、両親や看護師が身体をマッサージしてくれていたお陰で、最低限の筋力は保たれていたようだ。それに、俺の頭は身体の動かし方を忘れていなかった。

意識を取り戻してから一か月ほどであっさりと退院が決まった。といっても、まだしばらくは検査通院が必要だったが、それでも自宅に帰ることが許された。

眠っている間に経験したことを覚えてる。とは言っても、細部は記憶の霧に包まれたままだ。まるで夢のようにぼんやりと、そんなこともあったなあというレベルで。

瞳を閉じても、もう『扉の世界』には行けない。目蓋の裏側が見えるだけだ。並行世界の全てが消滅し、この基元世界に回帰したのだろう。

そして、俺の脳も自然治癒してしまい、可能性を収縮する機能とやらが回復してしまった。だから俺はもう可能性を観測することはできないし、並行世界が生まれることもない。

今となっては、あの並行世界の出来事は実際にあったのか、俺のただの夢だったのか、区別する手段はない。

やれやれ、これからどうしようか。今の俺の身分は、完全にニートだ。

中学は一応卒業した体になっていたが、当然ながら高校へは受験すらしていない。今すぐではなくても、いずれはこれから進むべき道を選ばなくてはならない。

こっちの世界で失敗したから別の可能性に乗り換える、なんてことはもうできない。自分で選んだ道を、自分の責任で歩まなくてはならない。それが途轍もなく恐ろしい。統合世界の時も少し経験したが、この感覚に慣れるまでしばらくかかりそうだ。こっちの方が俺にとってよっぽど厳しいリハビリだ。

ニュースを見ると、誤っているとしか思えない人類の様々な選択が嫌でも目に入る。やり直すことも、別の選択肢に乗り換えることもできないのに、なぜそんな安易に道を選んでしまうのだろう。しかも、危うい道を。

先進世界の『俺』の言葉をどうしても思い出してしまう。

歴史の多様性。それが本当は必要だったのではないか。差別も偏見も戦争もなく、ただ人類の発展を目指していた世界こそが、正しい世界だったのではないか。

今更遅いけど、それでもそんな風に考えてしまうことがある。

『さぁて、今日のゲストは大人気アイドルグループ、スパストのリーダー、友永朝美(ともながあさみ)さんです。どうぞー』

『こんにちわー、友永朝美です！　再来週、私たちの新曲《別の場所を見つめる君へ》が配信されるので、宣伝のために来ちゃいました』

『あはは、朝美ちゃん、いつもながら正直ですね。そして、どうやらこの新曲、朝美ちゃんが一部の作詞を担当したとか？』

退院してからしばらくして、偶然見ていたお昼の情報番組に、見覚えのある少女が出ていた。毛先がカールしたミディアムヘアに、パッチリとした瞳、煌(きら)びやかなステージ衣装。

テレビ画面越しでも彼女のオーラがびしびし伝わってくる。まさに天性のアイドル。永遠のセンターだ。

俺がぐーすか寝ている間にも、朝美はこっちの世界でしっかりと夢を叶えていた。

朝美の姿を見たことで、俺の心に何かが灯った。どうせ、時間は余っている。それなら、少し行動してみよう。これからの俺の選択の糧になるような何かを探すために。

『はい。実は、新曲の歌詞は、私が最近見た夢がテーマになってまして……』

3

決意から数日後、両親の心配を振り切ってとある場所に出かけた。その記憶は消えかけていたので、途中、降りる駅を間違えたり、道に迷ったりしながらも、なんとか一軒の家の前に辿り着く。

俺が知っているその家は、賃貸物件として貸し出されていたはずだった。だが、今の表札には宮沢と書いてある。俺の母の旧姓であり、伯父の苗字だ。

「あのー、ウチになにか御用ですか?」

咄嗟に振り返ると、ツインテールの女子中学生が警戒した目で俺を見ていた。

「……すみません。この近くにある友達の家を探していたら、その友達と同じ宮沢って苗字だったので、この家かなーって思って」

　適当な言い訳を返すと、樹里の目の警戒が少しだけ緩まった。

「ああ、そうだったんですか。失礼ですけど、その友達って男の人ですか？」

「あ、は、はい。俺と同い年の」

「じゃあ、ウチじゃないですよ。この家で暮らしているのは両親と私の三人だけなので。……えーと、近所に宮沢って苗字、ほかにあったかなぁ？」

「あ、いいですよ。俺、自分で探しますから。ご親切にどうも」

「そうですか？　うーん、力になれなくてすみません」

　ぺこりと頭を下げられた。ツインテールが振り子のように揺れている。

　俺は静かに笑ってその場を立ち去る。

　樹里が伯父夫妻と共に、幸せに暮らしているようで安心した。寂しくないと言えば嘘になるが、これが基元世界なんだ。

　かつての義妹に背を向けた俺は、一歩を踏み出そうとして。

「あの、どこかで会ったことあります？」

　ふいに掛けられた言葉に足を止めた。慌てて向き直ると、眉を寄せて難しい顔をした樹里がこちらを見ている。

「呼び止めちゃってすみません。ただ、なぜかあなたと昔、会ったことあるような気がして、……私、変なこと言ってますよね？　ええ、自分でも分かっているんですけど、どうにも気になっちゃって」

まさかという思いが、ヘリウムを流し込んだ風船のように一気に膨れ上がる。

「……たぶん、お祖父(じい)ちゃんの、お葬式、だった、ような」

その返答が、俺の心で膨らんでいた期待の風船をあっけなく割った。

そうだった、基元世界でも、過去に俺と樹里は一度出会っている。祖父の葬式に、伯父の家族も参列していた。少しだけ会話を交わして、それっきりだったはずだ。

「……そうでしたっけ？」

俺は寂しさを押し殺しながら相槌(あいづち)を打つ。

今更、親戚であることを明かしたところで何も変わらない。いや、多少は交流が生まれるかもしれないが、それが始まったところで何を得られるだろう。目の前の少女は俺の義妹じゃない。今の樹里には本当の家族がいるんだから。

中途半端な関係になるくらいなら、このままひっそりと終わらせてしまおう。

「あ、あんまり覚えていないですけど……。もしかしたら親戚の人かなーって一瞬考えちゃって。……あ、あはは、すみません、忘れてください。部活帰りだったんで、疲れてたみたいです」

樹里が赤面し、照れ笑いをする。

「……疲れている時は、ホットミルクを作るといいですよ」

「ホットミルクは作るって言わないよ！」

まるで条件反射のようにセリフが返って来た。

その瞬間だけ、ほんの一瞬、瞬きよりも短い時間、樹里の顔が、俺のよく知る義妹の表情になった。

樹里の中に収縮された、あったかもしれない可能性の『樹里』が顔を出したようだ。

だが、すぐに今の樹里の顔の下に引っ込んでしまった。まるで幻のように。

「……あれ？」

樹里は今の自分の発言に、自分でも困惑している。

「……それじゃあ、さようなら。……お元気で」

俺はそれだけ告げて、走り去った。次は樹里も呼び止めなかった。

もう二度と、会うことはないかもしれない。それでもいい。

4

自宅への帰路の途中で、ちょっと寄り道をした。

俺の通うはずだった高校。時間帯はすでに夕暮れ時、部活動に励む生徒の中には帰り支度を始める者もいた。

今の俺は部外者なので校内に立ち入ることはできず、校庭を取り囲むフェンスの外で不審者のように眺めていた。警ら中のお巡(まわ)りさんが通りがかったら、流れるように職質されてしまうかもしれない。

校門から出ていく生徒の中には、見覚えのある人物もちらほら紛(まぎ)れている。同じ陸上部だった女子生徒、俺のクラスメイトだった奴(やつ)、県大会で共に勝利の美酒を味わった部活の仲間とその顧問の女教師など。彼らは俺のことなど気付きもしないで通り過ぎていく。

寂寥(せきりょう)感を覚えながら、視線を校舎のとある窓の方に向ける。ここからでは部屋の中を覗(のぞ)くことはできないが、想像することは容易だった。狭い部屋の中に並べられた長机を、書類の詰まった棚が見守っている様子。紅茶の香りが立ち込める一室。

じっとその窓を見つめていると、突然、そこに誰かが立った。いや、誰かなど考えなくても分かる。その人物は窓を開けて外気に当たりながら、大きく伸びをした。夕日に染まった街並みを見回して、そして、俺に気付いたようだ。

「……?」

遠くに立つ陽菜乃(ひなの)先輩から視線が注がれる。こんなに離れていては、その視線の意図は分からない。たぶん深い意味なんてない。気分転換のために外を見ていたら、通行人と目が会った程度の感覚。もしかしたら私服姿の在校生と勘違いしているのかもしれない。

先輩は両手をメガホン代わりに口元に当てて、大声を発しようとしていた。

だが、結局、声を出す前に、背後から女子生徒、たぶん生徒会の一人に肩を叩かれて振り返ってしまう。そして彼女に謝るように後頭部を掻いて、窓際から立ち去った。先輩の姿は生徒会室の奥へと消える。離れた地表にいる俺の視線が絶対に届かない奥に。

先輩は、何て言おうとしたんだろう。

在校生と勘違いして、早く自宅に帰りなさい、とでも言うつもりだったのか。

もしくは、いつかのように、俺を生徒会に誘ってくれたのだろうか。いずれにせよ、先輩の真意は永遠に分からないものとなってしまった。

「色々と、ありがとうございました」

そして、一礼。

『どの』先輩に向けたものなのか、自分でも分からないお礼を述べてから、その場を後にした。

5

「もう、どこまで散歩に行っていたの？　遅かったじゃない」

帰った途端、母さんに怒られた。それも当然だ。事故で昏睡状態だった息子がまたフラフラとどこかに出かけて行って、帰るのが遅くなれば心配するに決まっている。

「ご、ごめんなさい。ちょっと懐かしくて、あっちこっちに」

俺は素直に謝ってから、靴を脱ごうとした。

「せっかく、朝美ちゃんがお見舞いに来てくれたのに、可哀そうなことしたわ。家に上がって待ってもらえば良かった」

靴を脱ぐ手が止まった。

「……朝美、来てたの？」

「ええ、ついさっきまで。ほら、お土産まで頂いちゃった。駅前の洋菓子屋さんのシュークリーム」と母さんが下駄箱の上に置かれていた菓子折りを持ち上げる。「朝美ちゃんは、あんたのこと今までずっと心配してくれてたのよ。忙しいはずなのに、時々、病院にお見舞いにも来てくれて。今度ちゃんとお礼に行かないとね」

「うん、そうだね」

そのまま家に上がろうとして、俺の身体が固まった。

本当に、このままでいいのか。

ああ、分かっている。俺は、目覚めてからずっと朝美を避けている。怖がっている。真実を確かめるのを恐れている。確定さえしなければ、もしかしたらという淡い期待をずっと抱いていられる。そんな打算をしていた。

もし朝美（あさみ）と正面から向き合って、そして彼女が何もかも覚えていなかったら、そんな恐怖から逃げ続けている。

でも、そんなことでいいのか。可能性から目を逸（そ）らしたままで。選ばないことを選び続けるつもりなのか。

そんなことで、『俺』たちに顔向けできるのか。

「ごめん、母さん。またちょっと出てくる」

脱ぎかけたスニーカーにもう一度足を通す。

玄関の扉をあけ放ち、朝美の家に続く道に踏み出した。リハビリを終えたとはいえ、全速力を出すにはまだ筋肉が弱々しい。それでも走った。全盛期とは程遠い全力疾走。肺と心臓を酷使して、走り続ける。

たかが徒歩五分にも満たない距離を走っただけで、フルマラソンのゴールテープを切る直前の体力しか残っていなかった。

でも、ようやく、彼女の背中が見えた。

「……あ、さ、み！」

息を切らし、彼女の名を呼ぶ。

振り返った時、明るい髪がぱっと舞う。夕日を受けて、茜色（あかねいろ）に輝いていた。

「ゆ、湯上（ゆがみ）？」

俺を見る目を丸くしていた。

プライベート用の服に身を包んでいる。伊達メガネと深く被ったハンチング帽で素顔を隠していた。

「だだ、大丈夫？　病み上がりなのに、そんなに走ったらダメだよ！　……って、私を追いかけてくれたのか。うう、だったらごめん。ほら、汗拭いたげる」

俺の顔に朝美のハンカチが押し付けられた。

「俺の方こそ、ごめん。せっかく、来てくれたのに。それに、寝ている時も、ずっと見舞いに来てくれたとか。……本当なら、真っ先に礼を言わなくちゃいけなかったのに」

「いやいや全然。湯上が気にすること無いって。こっちこそ、気を使わせちゃったみたいでごめん。……でも元気になってくれて、本当に良かったよ。……う、う、ご、ごめん」

くしゃっと朝美の顔が歪んで、泣き笑いをする。俺のことを心配し、そして回復したことを喜んでくれている。頬から零れる、その嬉し涙がありがたい。

ああ、でも、『湯上』か。

これで、分かってしまった。確定された。朝美の俺への接し方は優しいけれど、それ以上のものではない。幼なじみとして、古くからの知人としての距離感を保ったままの優しさ。事故にあった知人に対する気遣いに過ぎない。かつての記憶はどこにもない。ただの、優しい友永朝美がそこに立って、俺に笑いかけている。

いや、これが当然なんだ。これが当たり前だったんだ。あの可能性は、あまりにも俺にとって都合が良すぎた。

この基元世界では、俺はあの事故からずっと寝たきりで朝美との交遊もなかった。俺の人生だけが止まっていて、朝美はどんどん先に進んでいた。俺がいくつもの可能性を失っている間に、朝美は自分の望む可能性を選び取っていた。

あの寒空の中の告白も、いくつかのデートも全て存在しなかったんだ。

落胆するな。落ち込むな。それは、今の朝美に対して失礼だろ。

「……見舞いに来てくれて、嬉しかったよ。もちろん、その時の俺に意識はなかったわけだけど。でも、あさ……」と一旦口を噤む。

これからは、安易に下の名前を呼べないな。「……友永の見舞いのお蔭で、目を覚ますことが出来たような気がする。ありがとう、本当に」

「そ、そんな……、私なんか、湯上が一番困っている時に何もできなくて……。眠っている湯上を、ただ見ていただけだもん。感謝されることじゃないよ」

申し訳なさそうに俯く。

「いいんだ、俺が感謝したいだけだから」

「そ、そう？　まあ、それなら、うん、どういたしまして？」

困ったように笑う。その笑みは、事故に会う前の俺がよく見た微笑みだった。

「……そう言えばスパストのセンターになったんだってな。すごいよな、小さい頃の夢をちゃんと叶えてて。もう聞き飽きただろうけど、おめでとう」

「え？　えへへ、ありがとう。でも私がアイドルを目指すようになったのは、昔、湯上にヘタクソって言われたからで」

「う。そんなこともあったよな。忘れてくれ」

「あはは！　でも本当にありがとう。お陰様で忙しくさせてもらってるよ。そのせいで高校になかなか通えないのがちょっと寂しいけどね。出席日数もめっちゃピンチで」

「トップアイドルと学業の両立は大変そうだな」

「そうなんだよー。自分で選んだ道だから後悔はないけど、毎日大忙しだよ。やっぱり女子高生らしい青春も経験したいから。ほら、私、欲張りだからさ。大人になっちゃったら絶対に経験できないことだもん。無駄にしちゃうのも勿体ないよね」

　国民的アイドルが、平凡な青春に憧れている様子が少しだけおかしくて、ふと思った。

「……俺も、高校行こうかな」

「え？」

「ほら、今の俺、中卒ニートだからさ。高校生活諦めて、大検のための勉強に集中するっていうのも考えたけど、今のお前の話聞いたら、やっぱちゃんと青春ってやつを送ってみたくなった」

「うんうん、いいと思うよ！　絶対楽しいって」

「まあ一年浪人したのと同じことだから、年下に混じっての入学になるわけで。ちょっと居心地は悪いけどな」

　すると朝美が名案を思い付いたかのように、顔をぱっと輝かせる。

「だったら、ウチの学校に来ればいいよ！　ほら、私も出席日数ヤバくてもう一度一年生をやるかもしれないし、そうなれば来年は二人とも仲良く一年生だよ！　それなら寂しくないよね！」

「……浪人と留年、二人揃って一年生か、あはは」

　朝美と同じ高校に入学して、そこで送る学校生活のことを想像したら笑ってしまった。朝美も腹を抱えている。

　実現すればきっと楽しいものになるだろう。年下の連中と同じ教室で授業を受けるのは気恥ずかしいが、朝美も同じ立場だと思えば少しは気が紛れるかもしれない。

　そうか、そういう可能性だって、今の俺にはあるんだ。まだ何も分からない未来の可能性を、今の時点で狭めなくたっていいだろう。俺の中の誰かがそう言った気がした。

「うわー、なんか楽しみになってきた！　同じ学年ならイベントで一緒になれるもんね、文化祭とか、体育祭とか。それにクラスメイトと一緒に帰ったり、学校の外にどこかに遊びに行ったり」

「……そうだな。水族館行ったり、遊園地行ったり、どこかのカフェでパフェ食ったり」

「あ、水族館いいねー、またイルカショーを一緒に見たい。超可愛かったから、また会いたいよ。あの時は湯上にぬいぐるみまで買ってもらっちゃって。そう言えばあのぬいぐるみってどこに、……あれ？」

雄弁に語っていた朝美の唇がピタリと止まった。自分が喋っている内容の不自然さを自覚したようだ。

「………湯上と、水族館に行ったことあったっけ？」と首を傾げる。

あったよ。お前は信じられないかもしれないけど、そういう世界もあったんだ。

きっと、彼女は思い出せない。今の発言だって、無意識の海底から湧き上がった、微かな記憶の泡に過ぎないのだろう。一瞬だけ意識の水面に浮かんで、そしてすぐに弾けて消えてしまった。量子が覚えていた可能性の残滓だ。

彼女の中に隠れていた、いくつかの可能性の『朝美』が一瞬だけ顔を出して、そしてすぐに引っ込んでしまう。

「……さあ？　ガキの頃、家族ぐるみで行ったかもしれないな」

だから、俺は誤魔化した。

それでいいんだ。並行世界はあったかもしれない可能性だけど、結局のところ実現しなかった世界なんだから、その時の記憶が残っている方が問題だ。

人間は常に何かを選択しつつ、選ばなかったたくさんの『自分』を殺して生きている。

だから、俺が殺して来た、そしてこれから殺すことになるたくさんの『俺』たちのためにも、後悔しないように生きていくしかない。

やり直しのきかない、間違ったらそれまでの、たった一つの世界を。

俺は深呼吸をする。

「……だったら、今度、水族館に行かないか？　昔のこと思い出せるかもしれないだろ？」

難しい顔をしていた朝美の顔が一気に軟化し、ぱっと輝いた。

「それナイスアイディア！　湯上の退院祝いも兼ねて！　再来週の土曜日なら私、ちょっとだけ時間作れそうだし、ウチのお父さんとお母さんの予定も空いていると思うよ」

「いや、できれば二人っきりがいい」

覚悟を決めた。

失敗してもいいだろう。もちろん、失敗するのは怖い。間違ったら逃げられない。

過ちも後悔も、俺の人生に影のように付いて回る。一つだけの人生とはそういうものだ。

だが、それこそが、人間としての生き方だ。何かを選択して、何かを選択しないことこそが、この広大な宇宙の中で俺というちっぽけな人間を色濃く刻むための、たった一つの手段なんだから。

「え、あ、うん、湯上がそれでいいなら、いいけど。……あ、あはは、でも二人だけで水族館なんてデートみたいだね」

ほんのりと頬が赤く染まっている。

「……デートの、つもりだ」

緊張で喉がカラカラだ。

俺の声、変になってないか？　ちゃんと喋れてるか？　動悸がヤバい。目が回る。

「あ、そ、そう、なんだ……」

でも、緊張しているのは俺だけではなかった。何かを察した朝美は夕日を浴びながら、夕焼けより顔を赤くして、俺の次の言葉を待っていた。モジモジと、お腹の前で両手の指を組み合わせている。

そこには大勢の観客の前でも堂々としているトップアイドルの姿はなく、どこにでもいるごく普通の少女が立っていた。

ふと、先進世界の朝美の言葉を思い出す。

「んじゃ、餞別代わりのアドバイス。『私』はアイドルとしてカッコつけてるけど、なんだかんだで普通の女の子だから、君がちゃんとフォローしてやってよね」

――ああ、お前の言う通りだったな、朝美。

「…………実は、事故にあう前から、ずっと言いたかったことがあるんだ。今のお前の立場的に、すごく迷惑なことだって分かってるから、返事はいらない。ただ、俺が言いたいだけだから。俺への退院祝いだと思って、聞いてほしい」

ダメだ。声が震えている。

……ったく、何やってんだ、君、いや、『僕』は。

耳元で、俺によく似た誰かの声がした。もちろん、幻聴だ。

無限の手が、元気づけるように俺の背中を叩(たた)いた。これも、幻覚だ。

でも、たくさんの『俺』がいたことは確かだ。もう薄れた記憶の中にしかいないけど、でも俺の中に可能性として収縮されている。俺の内側から俺を見ていたとしても、別に不思議はない。

そうだ、俺が殺した『俺』たちにはせめて恥じないように。『俺』たちから貰(もら)った、無限分の勇気を振り絞って。

これからどうなるかなんてわからない。未来は確定していないんだから。

そしてようやく俺は、彼女の心をノックする。

「ずっと好きだった。俺と、付き合ってほしい」

あとがき

作中で登場人物たちが実在する物理学用語や理論を偉そうに解説していますが、その内容には作者の誤解釈が多分に含まれます。あくまで本作の設定としてお考えください。もし作中の解説を現実のものとして語った時、その場にちょっとでも知識のある人がいたら確実にツッコミを受けることになります、ご注意を。


冒頭から釈明をしてしまいましたが、改めまして眞田天佑（さなだてんゆう）です。

昔からSFが好きでよく読んでいたのですが、好きが高じて自ら執筆するようになり、ついにはこうして世に出ることになってしまいました。

あとがきを書くにあたって、僕はなぜSFを好きなのか、ちょっと考えてみました。

好きに理由なんてない、と言ってしまえばそれまでですが、突き詰めて考えると、僕にとってのSFが「ちょっと知的な現実逃避」だからかもしれません。

未来の技術や超能力など、現在・現実にはあり得ない要素を通じて、人間や社会の在り方について知的で壮大な考察ができることが、僕の考えるSFの魅力の一つです。

SFに詳しくない方は「何を言ってんだ、こいつ」と思われるかもしれません。

ですが、誰しも小学生の頃、明日のテストに憂鬱（ゆううつ）になりながらベッドに入って「宇宙ってどのくらい広いんだろう」とか「眠る前と後の自分は同じ自分なんだろうか」と答えの出ない問題を考えたことがあると思います。小難しい問題を考えることで自分の頭が良くなったように感じられ、テストの点数なんて些末なことじゃないかと安心し眠りにつく。これぞ「ちょっと知的な現実逃避」ではないでしょうか。SFにハマる下地はきっと誰もが持っているのです。

そして、僕はテストを嫌がる小学生の時から何も成長していない、ということです。全く知的でない結論が出たところで、以下謝辞です。

第十九回MF文庫Jライトノベル新人賞佳作という栄誉を与えていただいた審査員の皆様。いつも鋭いご意見とご指摘をくださる担当編集A様。魅力あふれるイラストを描いていただいたイラストレーターの東西様。応援コメントをご提供いただいた宮澤伊織様。

読書の楽しさを教えてくれた両親、古くからの友人たち、そのほか関係者皆様方に、この場をお借りして感謝申し上げます。

そして、読者の皆様。

物語とは誰かに読まれて初めて完成するものです。皆様がここまで読んでくださったお陰で、本作は本当の意味で完成しました。ありがとうございます。

僕が色々な物語に感じた「面白い」を、皆様も本作に感じていただければ幸いです。

「ファンレター、作品のご感想をお待ちしています」

あて先

〒102-0071　東京都千代田区富士見2-13-12
株式会社KADOKAWA　MF文庫J編集部気付
「眞田天佑先生」係　「東西先生」係

読者アンケートにご協力ください!

アンケートにご回答いただいた方から毎月抽選で
10名様に「オリジナルQUOカード1000円分」をプレゼント!!
さらにご回答者全員に、QUOカードに使用している画像の無料壁紙をプレゼントいたします!

■ 二次元コードまたはURLよりアクセスし、本書専用のパスワードを入力してご回答ください。

http://kdq.jp/mfj/　パスワード　**5idaf**

●当選者の発表は商品の発送をもって代えさせていただきます。
●アンケートプレゼントにご応募いただける期間は、対象商品の初版発行日より12ケ月間です。
●アンケートプレゼントは、都合により予告なく中止または内容が変更されることがあります。
●サイトにアクセスする際や、登録・メール送信時にかかる通信費はお客様のご負担になります。
●一部対応していない機種があります。
●中学生以下の方は、保護者の方の了承を得てから回答してください。